Just Married!

Die drei !!!

Henriette Wich

Hochzeitsfieber

Kosmos

Umschlagillustration von Ina Biber, München
Umschlaggestaltung von Friedhelm Steinen-Broo, eSTUDIO CALAMAR

Unser gesamtes lieferbares Programm und viele weitere Informationen zu unseren Büchern, Spielen, Experimentierkästen, DVDs, Autoren und Aktivitäten findest du unter **kosmos.de**

Weitere Bände dieser Reihe siehe S. 157

FSC
www.fsc.org
MIX
Papier aus verantwortungsvollen Quellen
FSC® C014138

Gedruckt auf chlorfrei gebleichtem Papier

ISBN 978-3-440-13929-5

Redaktion: Natalie Friedrich
Produktion: DOPPELPUNKT, Stuttgart
Printed in the Czech Republic/Imprimé en République tchèque

Die drei !!!

Hochzeitsfieber

Feuerzauber

Das Papier knisterte geheimnisvoll zwischen Maries Fingern. Mit jeder neuen Seite, die sie umblätterte, klopfte ihr Herz schneller. Es war alles so aufregend, wie Weihnachten und Ostern zusammen!

»Das ist wunderschön«, schwärmte sie. »Nein, das hier ist noch besser. Stopp! Vergiss alles, was ich vorher gesagt habe. Jetzt hab ich dein Traumkleid gefunden. Schau mal, Tessa!«

Marie schob die Hochzeits-Zeitschrift, die schon oft durchgeblättert worden war, über den Esstisch der Wohnküche. Es war Freitagabend und draußen senkte sich langsam die Dämmerung über die alten Buchen im Garten.

Tessa blickte von ihren Stoffproben auf. »Ja, das ist toll! Der weite Rock mit der langen Schleppe, der Tüll und die Stickereien. Ein richtiges Prinzessinnenkleid, aber das bin nicht ich. Das ist mir viel zu auffällig.« Maries Stiefmutter fuhr sich durch die kurzen braunen Haare. Sie trug eine abgewetzte Jeans und ein grünes T-Shirt aus ihrer eigenen Kleider-Kollektion *Think Nature.*

»Du hast recht, Schatz«, sagte Helmut Grevenbroich. »Das Kleid erinnert mich übrigens verdächtig an ein Sahne-Baiser.«

Tessas Tochter Lina kicherte. »Hihi, das stimmt!«

Alle mussten lachen. Marie ließ ihren Blick zwischen Tessa und ihrem Vater hin- und herwandern. Wie glücklich und verliebt sie waren! Marie freute sich so, dass die beiden bald heiraten würden. Seit Monaten fieberte sie der Hochzeit ent-

gegen und freute sich auf den wunderbaren Tag. Ein Tag, an dem die Patchworkfamilie noch enger zusammenwachsen würde: Tessa, Maries Vater, Lina und der kleine Finn, das gemeinsame Kind des Brautpaars. Der Umzug in die alte Villa im Ostviertel war genau die richtige Entscheidung gewesen. Dort hatte jeder genug Freiraum für sich. Auch mit Lina verstand sich Marie inzwischen richtig gut.
Tessa hielt ein Stück schimmernde Seide unter das Licht der silbernen Designerlampe. »Ich glaube, ich hab mich entschieden. Die Schneiderin soll mir ein Kleid aus elfenbeinfarbener Seide nähen – schmal und gerade geschnitten, mit kleinen Ärmeln und weißen Knöpfen auf dem Rücken. Wo war doch noch gleich der Schnitt, der mir so gut gefallen hat?« Tessa zog eine Zeitschrift ganz unten aus dem Stapel hervor. »Ah, da ist er ja.« Sie tippte mit dem Zeigefinger auf das Foto.
»Zeig mal.« Marie stand auf und beugte sich neugierig über den Tisch.
Im ersten Augenblick war sie enttäuscht. Das Brautkleid war wirklich *sehr* schlicht. Aber dann blendete Marie das Model auf dem Foto aus und stellte sich Tessa in dem Kleid vor. Es würde ihre natürliche Schönheit erst richtig zur Geltung bringen. »Das ist absolut perfekt.« Marie nickte.
»Total schön!«, stimmte Lina zu. In Sachen Mode hatte sie normalerweise einen ganz anderen Geschmack als Marie. Was sie nicht daran hinderte, sich manchmal heimlich Sachen aus dem Kleiderschrank ihrer älteren Stiefschwester auszuleihen – zum großen Ärger von Marie.
Herr Grevenbroich nickte. »Super Entscheidung.«
»Danke«, sagte Tessa. Ihre Wangen waren inzwischen vor

Aufregung und Vorfreude gerötet. »Für Finn hab ich übrigens auch schon eine Idee. Ich möchte ihm einen Matrosenanzug nähen. Den kann ich dann später in meine Kinderkollektion aufnehmen.«

Marie dachte an ihren 18 Monate alten kleinen Stiefbruder. Finn war vor einer Stunde selig eingeschlafen, nachdem das Au-pair-Mädchen Natascha ihm ein russisches Gute-Nacht-Lied vorgesungen hatte. »Au ja!«, rief Marie. »Ein Matrosenanzug und ein blaues Mützchen dazu, wie süß!«

»Und dann drücken wir ihm noch ein Körbchen mit Blumen in die Hand«, fiel Lina ein. »Er darf uns beim Blumenstreuen helfen.«

Es sollte insgesamt vier Blumenmädchen bei der Hochzeit geben. Neben Lina und Marie würden auch Kim und Franzi dabei sein, Maries Freundinnen und Kolleginnen vom Detektivclub *Die drei !!!*.

»Ja, so machen wir es«, sagte Tessa. »Die Kleider für euch Blumenmädchen müssen wir übrigens noch auf mein Hochzeitskleid abstimmen. Lasst uns am besten gleich Ideen sammeln, die ich an die Schneiderin weitergeben kann. Welche Farbe hättet ihr denn gerne?«

Marie dachte nach. »Altrosa sieht bestimmt edel aus.«

»Oder hellblau«, meinte Lina.

Marie schüttelte entschieden den Kopf. »Hellblau ist eine schwierige Farbe, besonders zu deinen rotblonden Haaren und hellgrünen Augen.«

»Finde ich gar nicht!«, widersprach Lina trotzig.

»Vertrau mir«, seufzte Marie geduldig. »Ich kenne mich mit Mode besser aus als du.«

»Angeberin!«
»Blöde Kuh!«
Helmut Grevenbroich versuchte zu vermitteln. »Bitte streitet euch nicht. Ihr müsst ja nicht alle dieselbe Farbe tragen.«
»Das sehe ich auch entspannt«, sagte Tessa. »Zwei verschiedene Farben bringen Abwechslung, das ist hübsch. Wie wäre es mit Altrosa und Flieder?«
Lina schmollte. »Hm … weiß nicht.«
Marie verdrehte die Augen. Sie mochte Lina wirklich gern, aber an manchen Tagen hätte sie ihre Stiefschwester am liebsten zum Mond geschossen. »Können wir das nicht ein andermal besprechen?«, schlug Marie vor. »Kim und Franzi sind heute nicht da, die sollten wir auch noch fragen.«
Tessa machte sich eine Notiz auf ihrer Hochzeits-Checkliste. »Kim und Franzi einladen, Blumenkleider-Besprechung«, murmelte sie halblaut. »Oje! Die Liste wird immer länger und die Zeit langsam knapp. Heute ist der 15. April, und die Hochzeit findet schon in sechs Wochen statt. Wie sollen wir das bloß alles schaffen?«
Tessa wirkte nicht mehr ganz so entspannt wie vorher. Dabei hatten Helmut und sie bereits frühzeitig mit der Planung begonnen und Tessa hatte extra ihre Elternzeit verlängert, um in Ruhe die Hochzeit vorbereiten zu können. Doch dann war bei Maries Vater ein wichtiger Dreh dazwischengekommen, eine Extrafolge der Vorabendserie *Vorstadtwache*, in der er den Hauptkommissar Brockmeier spielte. Außerdem war Tessa ein Großauftrag für ihre T-Shirt-Kollektion angeboten worden, den sie unmöglich ablehnen konnte.
»Ich fürchte, wir haben den Aufwand für die Planung ein

bisschen unterschätzt«, sagte Helmut Grevenbroich zerknirscht. »Ich möchte nicht, dass die Vorbereitung in Hektik und Stress ausartet. Wir wollen doch unsere Hochzeit rundum genießen.« Plötzlich hellte sich sein Gesicht auf. »Wir könnten jemanden engagieren, der uns bei den letzten Vorbereitungen hilft. Was haltet ihr von einem Hochzeits-Planer?«

Tessa zögerte. »Ich fand die Idee, dass wir alles selbst machen und gestalten, so schön.«

Herr Grevenbroich versuchte sie zu überzeugen: »Aber ein Hochzeits-Planer könnte uns ein paar Dinge abnehmen. Vorausgesetzt, wir finden jemanden, der unsere Wünsche gut umsetzen kann.«

Marie hatte sofort einen ihrer Lieblingsfilme vor Augen, eine romantische Liebeskomödie mit einem Hochzeits-Planer. »Das ist cool!«

Lina war auch begeistert.

»Einverstanden«, sagte Tessa und gab Helmut einen Kuss auf die Wange.

Helmut Grevenbroich lächelte. »Ich kümmere mich morgen darum und suche im Internet nach einer Agentur.«

»Danke, du bist der Beste!« Tessa schob die Stoffproben zu einem ordentlichen kleinen Stapel zusammen. »Dann lass uns doch gleich jetzt mit dem Genießen anfangen! Machen wir es uns auf dem Sofa gemütlich?«

»Ein sehr guter Plan.« Helmut Grevenbroich stand auf und reichte seiner zukünftigen Frau lächelnd die Hand. »Darf ich bitten?«

Marie zwinkerte Lina zu. Den kleinen Streit vorhin hatte sie schon wieder vergessen. »Ich glaube, wir stören hier nur. Komm, wir gehen in unsere Zimmer.«

Marie liebte den Freitagabend. Das lange Wochenende lag verheißungsvoll vor ihr, sie konnte länger aufbleiben und am nächsten Tag ausschlafen. Oft nutzte sie den Freitag, um sich ein ausgiebiges Wellness-Programm in ihrem eigenen Bad zu gönnen. Auch heute hatte sie ein Schaumbad genommen und sich anschließend mit duftender Aprikosen-Lotion eingecremt.

Wohlig durchwärmt, in ihren flauschigen Bademantel gehüllt, kehrte sie in ihr Zimmer zurück und ging zum Regal, um sich ein Buch auszusuchen. Ihr Blick wanderte an den Buchrücken entlang und blieb bei einem Band hängen, den sie schon lange nicht mehr in der Hand gehabt hatte. Marie nahm ihn heraus und lächelte. *Zaubern leicht gemacht.* Das war genau das Richtige für heute Abend!

In dem Buch standen Anleitungen für verschiedene Liebeszauber. Ein paar davon hatte Marie bereits erfolgreich angewandt. Auch Kim und Franzi hatten es schon ausprobiert, obwohl sie bei Dingen wie Kerzenorakeln oder Tarotkartenlegen grundsätzlich erst mal misstrauisch waren.

Ob es auch einen Zauber gab, bei dem es ums Heiraten ging? Seit Tessa und Helmut ihre Hochzeit planten, schwirrten so viele Fragen in Maries Kopf herum.

Wollte sie später auch mal heiraten? Wurde man noch glücklicher als Paar, wenn man heiratete? Wann war der beste Zeitpunkt für eine Hochzeit? Was war romantischer: Wenn der Mann den Heiratsantrag machte oder wenn die Frau ih-

ren Freund fragte? Und woran merkte man, dass der Freund der Richtige war?
Eine Welle von Zärtlichkeit durchflutete Marie. Sie dachte an Holger, ihren Freund, mit dem sie schon länger zusammen war. Im letzten Herbst hatte er wenig Zeit für sie gehabt, weil er für einen Parkouring-Wettkampf trainiert hatte. Beim Parkouring ging es darum, möglichst direkt von einem Ort zum anderen zu kommen und Hindernisse wie Mauern oder Zäune zu überklettern. Holger war fit und richtig gut in seinem Lieblingssport, doch leider hatte er sich beim Wettkampf am Knie leicht verletzt. Seither reduzierte er sein Trainingspensum und sie konnten wieder mehr zu zweit unternehmen, was Marie sehr schön fand.
Marie durchforstete das Inhaltsverzeichnis von *Zaubern leicht gemacht*. Auf der zweiten Seite entdeckte sie tatsächlich etwas: *Feuerzauber. So findest du heraus, ob dein Liebster der Richtige ist.*
Die Durchführung dieses Zaubers war im Gegensatz zu anderen Anleitungen im Buch einfach. Man musste dazu nicht um Mitternacht in den Garten gehen oder bis hoch hinauf in die Krone eines Baumes klettern.
Marie beschloss, den Liebeszauber jetzt sofort auszuprobieren. In ihrem Zimmer fand sie die Dinge, die sie dazu brauchte: einen Zettel, Stift, Streichhölzer und eine feuerfeste Schale. Marie breitete alles in der Sitzecke beim Erker aus und ließ sich im Schneidersitz auf einem orangefarbenen Kissen nieder. Dann machte sie die Augen zu und atmete dreimal tief aus und wieder ein. Als sie ganz ruhig und konzentriert geworden war, öffnete sie die Augen wieder, nahm den Stift

in die Hand und zeichnete eine Tabelle mit zwei Spalten auf den Zettel. Über die linke Spalte schrieb sie: *Was ich alles an Holger mag.* Über die rechte Spalte kam die Überschrift *Was ich alles an Holger nicht mag.*
Ohne nachzudenken, schrieb Marie einfach drauflos. Bei der linken Spalte fielen ihr sofort ganz viele Dinge ein. Holgers Lächeln, seine pechschwarzen Haare, die tolle sportliche Figur. Seine Herzlichkeit, Großzügigkeit und sein Humor, der genau auf ihrer Wellenlänge lag. Dass er für sie da war, wenn sie ihn brauchte, und über sich selbst lachen konnte.
Bald füllte sich auch die rechte Spalte. Was Marie nicht an Holger mochte, waren seine Ungeduld und der manchmal zu große Ehrgeiz beim Parkouring. Auch dass er ab und zu eifersüchtig war auf ihren Detektivclub und auf andere Jungs, mit denen Marie – natürlich völlig harmlos – flirtete. Weiße Tennis-Socken in den Sandalen und dass er sich oft nicht erinnern konnte, was für ein tolles Outfit sie beim letzten Date angehabt hatte, schrieb Marie als letzte Punkte in die rechte Spalte.
Als sie fertig war, faltete sie den Zettel zusammen und legte ihn in die feuerfeste Schale. Dann holte sie eine lange Wolljacke aus ihrem Kleiderschrank und zog sie über den Bademantel. Mit der Schale in den Händen ging sie auf den kleinen Balkon hinaus, der zu ihrem Zimmer gehörte. Der Liebeszauber sollte ihr Geheimnis bleiben. Wahrscheinlich würde sie nicht mal Kim und Franzi davon erzählen. Und ihre Eltern und Lina sollten den Brandgeruch nicht riechen.
Es war eine kühle Aprilnacht, aber zum Glück trocken und fast windstill. Vom Garten herauf duftete es nach frischem

Gras und Frühlingsblumen. Ein Käuzchen saß auf dem obersten Ast einer Tanne und schickte seinen Ruf in die Nacht hinaus. Am Himmel funkelten tausend Sterne.
Jetzt war es also so weit, der Feuerzauber konnte beginnen! Feierlich stellte Marie die Schale auf ihrem Klapptisch ab. Sie war so aufgeregt, dass ihre Finger zitterten. Sie verbrauchte drei Streichhölzer, bis sie endlich den Zettel angezündet hatte. Eine goldgelbe kleine Flamme leuchtete auf. Sie umhüllte das Papier und arbeitete sich zügig von den Papierrändern ins Zentrum vor. Während das Feuer geheimnisvoll knisterte und der Zettel langsam braun wurde und verkohlte, versuchte Marie ihre Gedanken loszulassen. Nur so würde der Zauber wirken, hieß es in dem Buch. Nach vier Wochen würde sie es spüren: Entweder hatten sich dann ihre Zweifel Holger gegenüber buchstäblich in Rauch aufgelöst und die positiven Gefühle waren durchs Feuer gegangen oder die Zweifel waren immer noch da.
Marie machte wieder die Augen zu. Verflixt, war das schwierig, nicht an Holger zu denken! Sobald sie ihre Gedanken auf ein anderes Thema lenkte, schmuggelte er sich durch eine Hintertür wieder in ihren Kopf hinein.
Nach mehreren Versuchen gelang es ihr schließlich. Der auffrischende Wind pustete ihren Kopf frei. Er strich über ihre Wangen, und auf einmal fühlte Marie sich wunderbar. Sie stand auf dem Balkon, atmete den Duft der Frühlingsblumen, hörte das Käuzchen und lebte im Hier und Jetzt. Es gab nur diesen einen Augenblick, in den Marie eintauchte.
»Uuuuiiih, uuuiiih!« Ein ohrenbetäubendes Geräusch durchbrach die stille Frühlingsnacht.

Marie erschrak und riss die Augen auf. Schlagartig war der schöne Augenblick vorbei. Was war denn jetzt los? Gab es irgendwo in der Straße einen Polizeieinsatz? Oder war es ein Feueralarm?
Marie starrte auf die Schale. Der Zettel hatte sich in ein graues Häufchen Asche verwandelt. Das Feuer war aus. Nur eine dünne, weiße Rauchfahne stieg kräuselnd zum Sternenhimmel auf.
Unbarmherzig schrillte die Sirene weiter. Dann hörte Marie trampelnde Schritte auf der Treppe und laute Rufe: »Marie!!« – »Was ist passiert?« – »Hörst du uns?«
Sekunden später wurde die Tür aufgerissen. Helmut Grevenbroich, Tessa, Lina und Natascha stürmten ins Zimmer und sahen sich suchend um.
Marie trat verwirrt vom Balkon herein.
»Geht es dir gut?«, brüllte Tessa gegen den Lärm der Sirene an.
Maries Vater schwenkte einen roten Feuerlöscher und sah aus wie ein Superheld. »Der neue Rauchmelder in deinem Zimmer ist losgegangen. Wo brennt es?«
Lina versteckte sich ängstlich hinter seinem Rücken.
»Du musst dich auf den Boden werfen!« Natascha fuchtelte energisch mit den Armen. »Sonst bekommst du eine Rauchvergiftung!«
Die ganze Zeit heulte die Sirene weiter. Die Situation war so unwirklich und absurd, dass Marie lachen musste. »Mir geht es gut. Es brennt nicht! Alles ist gut, nichts passiert!«
Vier Augenpaare waren immer noch entsetzt auf sie gerichtet.

»Ich hab nur auf dem Balkon in einer Schale einen Zettel verbrannt«, erklärte Marie. »Der ist längst verkohlt, ihr könnt euch selbst davon überzeugen.«
Tessa lief zum Balkon und inspizierte die Schale auf dem Klapptisch. »Bin ich froh, dass nichts passiert ist!« Sie atmete erleichtert auf. »Der Wind muss den Rauch ins Zimmer geweht haben.«
Lina wagte sich hinter dem schützenden Rücken von Helmut Grevenbroich hervor und der ließ den Feuerlöscher sinken. »Mensch, hast du uns einen Schrecken eingejagt. Mach so was bitte nie wieder!«
Marie musste es hoch und heilig versprechen. Dann wurde sie von der erleichterten Tessa umarmt.
Lina knuffte Marie mit dem Ellbogen in die Seite. »Hey, das war ja superaufregend!«
»Du übertreibst«, wehrte Marie ab und hielt sich die Ohren zu. »Könntest du jetzt bitte endlich den Rauchmelder abstellen, Papa?«
»Bin schon unterwegs«, rief Helmut Grevenbroich und sprintete los, um eine Trittleiter zu holen.

Der geheimnisvolle Fremde

»Dreimal Frühstück Spezial für die Detektivinnen!« Die junge Bedienung im *Café Lomo* stellte drei große Teller auf den Tisch. »Lasst es euch schmecken.«
Marie lief das Wasser im Mund zusammen. »Vielen Dank. Sieht das lecker aus! Aber die Portion ist so riesig, das schaffe ich nie.«
»Kein Problem«, sagte Kim, die sich bereits einen Löffel Kräuter-Rührei in den Mund schob. »Ich helf dir gerne. Du weißt ja, ich brauche viel Nervennahrung, damit ich mich gut konzentrieren kann.«
Franzi lachte. »Ich glaube, den Satz hab ich schon mal gehört.« Sie nahm sich zuerst das Schälchen mit dem Obstsalat vor.
In den nächsten Minuten breitete sich genießerisches Schweigen am Tisch aus. Während Marie Butter und goldgelben Honig auf ein Mohnbrötchen strich, sah sie sich im *Café Lomo* um. Das gemütliche Café war mittlerweile zu ihrem zweiten Zuhause geworden. Hier traf sie sich oft mit Kim und Franzi auf einen *Kakao Spezial* mit Vanillearoma. In ihrer Sitzecke waren sie ungestört, konnten über private Dinge quatschen oder sie tauschten sich über den neuesten Stand ihrer Ermittlungen aus.
»Na, alles klar bei dir, Marie?«, erkundigte sich Kim. »Woran denkst du gerade? An die Hochzeit?«
Marie grinste. »Nein, an meinen Vater, der gestern wie Superman mit dem Feuerlöscher durch die Villa gedüst ist.«

Kim ließ vor Schreck ihre Gabel auf den Teller fallen. »Hilfe! Hat es bei euch etwa gebrannt?«
»Nein, nein«, beruhigte Marie ihre Freundin. »Es war alles harmlos, aber meine Familie hat ganz schön verrücktgespielt.«
Franzi zog fragend die Augenbrauen hoch. »Was ist passiert? Jetzt erzähl schon!«
Marie schilderte mit lebhaften Worten den aufregenden Abend, ihre Zeremonie, den Brandgeruch und die Folgen. Nur worum es genau bei dem Zauber ging, verriet sie nicht. Alles mussten ihre Freundinnen schließlich auch nicht wissen.
Kims Augen wurden im Laufe der Erzählung immer größer. »Deine arme Familie! Die müssen alle große Angst gehabt haben.«
»Ja, aber nur kurz«, schränkte Marie ein. »Umso länger hat es gedauert, bis mein Vater endlich den Schalter gefunden hat, mit dem er die Sirene des Rauchmelders abschalten konnte.«
Franzi kicherte. »Schade, dass ich nicht dabei war! Das erinnert mich an einen unserer Fälle, bei dem ich mal eine Alarmanlage ausgelöst habe.«
Kim hatte nur mit halbem Ohr zugehört. »Und was war mit Finn? Ist er aufgewacht und hat geschrien?«
»Stellt euch vor, Finn hat die Sirene und den ganzen Lärm verschlafen!«, erzählte Marie amüsiert. »Hinterher sind wir zu seinem Bettchen gegangen, und da lag er mit rosigen Wangen und hat ganz tief und ruhig geatmet.«
Franzi schüttelte ungläubig den Kopf. »Dein kleiner Bruder

verblüfft mich immer wieder. Ich würde ihn übrigens total gern mal wieder sehen.«
»Jederzeit«, sagte Marie. »Ihr seid immer willkommen.«
Franzi seufzte. »Bei uns ist das zurzeit leider schwierig. Meine Eltern sind nicht gut drauf. Sie streiten sich wegen jeder Kleinigkeit.«
Kim wurde hellhörig. »Warum das denn?«
»Meine Mutter ist mit ihrem Kuchenservice voll eingespannt und kann meinem Vater nicht mehr so oft in der Tierarztpraxis aushelfen. Daran muss sich mein Vater erst gewöhnen. Wahrscheinlich braucht er eine neue Sprechstundenhilfe, aber er hat momentan keine Zeit, um eine zu suchen. Die schlechte Stimmung nervt ganz schön. Und meine Schwester zickt auch mal wieder rum.«
»Tut mir leid für dich«, sagte Marie mitfühlend.
Früher, als sie noch Einzelkind gewesen war, hätte sie das nicht so nachvollziehen können. Aber seit sie Mitglied einer Patchworkfamilie war, wusste sie, wie chaotisch und nervenaufreibend das Familienleben manchmal sein konnte.
Kim lächelte Franzi aufmunternd zu. »Ich wünsch dir, dass dein Vater bald jemanden für seine Praxis findet.«
»Danke, das ist lieb von euch«, sagte Franzi. »Aber lasst uns lieber von was anderem reden. Wie läuft es denn bei dir und Michi?«
Kims Augen fingen an zu strahlen. »Sehr gut!«
Sie und Michi kannten sich schon ewig und verstanden sich super. Michi hatte meistens Verständnis, wenn Kim wegen des Detektivclubs eine Verabredung verschieben musste. Und Kim motivierte ihn bei seiner Ausbildung zum chemisch-

technischen Assistenten. Erst kürzlich hatte er seine Prüfungen mit »Sehr gut« abgeschlossen.
»Michi freut sich schon riesig auf die Zeugnis-Übergabe«, erzählte Kim stolz. »Ich bin natürlich dabei und werde mit ihm feiern.«
»Das sind ja super Neuigkeiten.« Marie nahm ihren Kakaobecher in die Hände. Die bunten Armreife, die sie zu ihrem dunkelblauen Kleid trug, klimperten. »Bei mir und Holger ist auch alles im grünen Bereich.«
»Wie schön für euch«, sagte Franzi. Ihr Lächeln war ein bisschen traurig, aber es schwang keinerlei Neid in ihrer Stimme mit, obwohl die Trennung von ihrem Freund Felipe noch gar nicht so lange her war. Franzi zog energisch an den Haargummis, um ihre zwei kleinen Zöpfe fester zu binden. »Ich habe beschlossen, dass ich mein Leben als Single ab sofort genieße!«
Kim griff nach ihrem Glas. »Das klingt gut. Darauf sollten wir trinken.«
Die Freundinnen stießen mit Orangensaft an.
Marie trank den Saft in einem Zug aus und stellte seufzend das Glas ab. »So, jetzt bin ich aber wirklich satt. Ich würde übrigens gern mal wieder auf einen erfolgreich gelösten Fall anstoßen.«
Franzi nickte. »Ich auch. Unser letzter Fall ist Monate her. Langsam wird es Zeit, sonst komme ich noch aus der Übung.«
»Mach dir keine Sorgen.« Kim angelte sich ein Stück Lachs von Maries Frühstücksteller und bestrich es mit einer dünnen Schicht Meerrettich. »Detektivischen Spürsinn verlernt man nicht, das ist wie Fahrradfahren.«

»Womit Kim wieder mal recht hat«, stimmte Marie zu. »Nach über 50 Fällen wirft uns so leicht kein Verbrecher mehr aus der Bahn!«
Manchmal konnte sie es selbst kaum glauben, dass die drei !!! schon so viele Fälle gelöst hatten. Bisher hatten sie jeden Fall aufklären und die Täter immer stellen können. Das sollte ihnen erst mal jemand nachmachen!
Plötzlich spürte Marie Franzis spitzen Ellenbogen in ihrer Seite. »Aua, das tut weh!«, beschwerte sie sich.
Franzi ging nicht darauf ein. »Apropos detektivischer Spürsinn«, raunte sie ihren Detektivkolleginnen zu. »Dreht euch mal unauffällig zum Tisch rechts von uns um.«
Kim und Marie bewegten kaum merklich ihren Nacken. Inzwischen waren sie Profis darin, andere Menschen zu beobachten, ohne umgekehrt von ihnen gesehen zu werden.
Am rechten Nebentisch saß ein junger Mann mit Jeansjacke, schwarzer Hornbrille und buschigen Augenbrauen. Neben seiner Cappuccino-Tasse hatte er mehrere Zeitungsausschnitte ausgebreitet, über denen er angestrengt brütete. Dabei klopfte er nervös mit seinem Bleistift auf einen Notizblock.
Auf den ersten Blick konnte Marie nichts Besonderes an dem Mann entdecken. Wahrscheinlich war er ein Journalist, der einen Artikel schreiben und heute noch vor Redaktionsschluss abgeben musste. Auf den zweiten Blick fiel Marie jedoch etwas höchst Seltsames auf. Die Personen auf den Zeitungsartikeln waren immer dieselben: ein bekannter Fernseh-Schauspieler und eine Kamerafrau, die sich ein zweites Standbein als Designerin einer T-Shirt-Kollektion aufgebaut

hatte. Diese beiden Personen waren Helmut Grevenbroich und Tessa!
Marie wurde unruhig. Was plante der Mann mit den Zeitungsausschnitten? Warum hatte er sich gerade Helmut und Tessa herausgepickt? Beruflich arbeiteten die beiden kaum zusammen. Tessa hatte nur bei zwei Folgen der *Vorstadtwache* hinter der Kamera gestanden und filmte ansonsten für andere Produktionen. Interessierte sich der Mann für das Privatleben des Paares? War er etwa ein Paparazzo? Oder führte er etwas anderes im Schilde?
Kim war auch alarmiert. »Ich hab irgendwie ein komisches Gefühl. Was sollen wir denn jetzt machen?«
»Wir sprechen ihn einfach an«, schlug Franzi flüsternd vor.
Gesagt, getan. Auf ein Zeichen von Kim standen die drei !!! gleichzeitig auf und traten an den Nebentisch.
Der Mann blickte überrascht auf.
»Guten Morgen«, sagte Kim freundlich. »Wir wollen Sie nicht stören, aber wir sitzen nebenan und sind neugierig geworden. Diese Zeitungsartikel sehen ja spannend aus. Haben Sie etwas Bestimmtes damit vor?«
Die Überraschung des Mannes verwandelte sich in Verärgerung. »Ihr seid wirklich sehr neugierig. Tut mir leid, Mädchen, aber darüber möchte ich nicht sprechen. Das geht nur mich etwas an.« Er verdeckte mit seinen Armen absichtlich die Artikel.
Marie gab nicht so schnell auf. »Entschuldigen Sie bitte! Wir haben uns noch gar nicht vorgestellt: Ich bin Marie, und das sind meine Freundinnen Kim und Franzi. Wir sind neu in der Schülerzeitungs-AG und freuen uns, wenn wir Tipps

von Experten bekommen.« Die kleine Notlüge kam ihr ganz leicht von den Lippen. »Sie sind doch Journalist, nicht wahr?«, hakte sie nach.
»Nein«, antwortete der Mann unwillig.
Marie ließ nicht locker. »Dann sind Sie vielleicht Fotograf?«
»Nein.« Der Mann raffte die Zeitungsartikel zusammen und ließ sie in einer Mappe verschwinden. »Merkt ihr eigentlich gar nicht, dass ich nicht mit euch reden will?«
»Warum sind Sie denn so unfreundlich zu uns?«, fragte Franzi verwundert. »Wir haben Ihnen doch nichts getan.«
»Ja, genau«, setzte Kim nach. »Wir wollten nur ein nettes Gespräch mit Ihnen führen, nichts weiter.«
Der Mann schnaubte. »Tja, da seid ihr leider an den Falschen geraten. Fallt der Bedienung auf die Nerven, nicht mir.« Er warf einen Geldschein auf den Tisch, stopfte die Mappe, den Notizblock und den Bleistift in seine schwarze Umhängetasche und drängte die Detektivinnen unsanft zur Seite.
Schnell zückte Marie ihr Handy und schoss ein Foto von dem Verdächtigen. Sie erwischte ihn gerade noch im Profil. Dann war er auch schon zum Ausgang unterwegs und machte sich grußlos aus dem Staub.
»Das gibt's ja wohl nicht!«, regte Kim sich auf.
»Los, hinterher!«, rief Franzi.
Marie winkte der Bedienung. »Ich zahl für uns, lauft ihr schon mal los. Viel Glück!«
Franzi rannte wie der Blitz davon. Sie war die Sportlichste von den drei !!! und hatte schon etliche Verfolgungsjagden gewonnen.

Marie juckte es in den Beinen, am liebsten wäre sie mitgerannt. Stattdessen musste sie warten, bis Kim oder Franzi sich meldeten oder ihr eine SMS schickten. Marie bezahlte die Rechnung und versuchte sich abzulenken, indem sie sich das Handyfoto ansah. Leider war es verwackelt und etwas unscharf, aber man konnte zumindest die Figur des Mannes, seine Brille und die Augenbrauen gut erkennen.
Kurz darauf kamen Franzi und Kim ins *Café Lomo* zurück. Kim hatte einen hochroten Kopf und keuchte: »Wir … haben ihn … leider verloren.«
»Er ist zur Fußgängerzone gelaufen«, erzählte Franzi. »Du kannst dir vorstellen, wie viele Leute da am Samstagmittag unterwegs waren! Wir hatten keine Chance, er ist in der Masse einfach untergetaucht.«
»Ärgert euch nicht«, tröstete Marie ihre Freundinnen. »Da kann man nichts machen.«
Kim ließ sich auf ihren Platz in der Sitzecke fallen. »So ein Mist! Wir wissen nichts über den Mann. Dass wir ihn rein zufällig in der Stadt wiederfinden, können wir uns abschminken. Die Chance geht gegen null.«
»Abwarten.« Marie versuchte zuversichtlich zu klingen, doch sie war genauso enttäuscht wie Kim und Franzi. Für einen kurzen Moment hatte es ganz danach ausgesehen, als ob sie einen neuen Fall an Land gezogen hätten. Was für ein Pech!

Überraschungsbesuch

»Bin wieder zu Hause!« Marie betrat die Eingangshalle der alten Villa und verstaute ihre Windjacke in der Garderobe unter der Treppe.

»Wir sind im Wohnzimmer«, hörte sie die Stimme ihres Vaters.

Wir? Marie runzelte die Stirn. Tessa und Lina waren doch mit dem Kinderwagen unterwegs. Sie wollten den großen Wochenend-Einkauf erledigen.

Neugierig sah Marie nach, wer gekommen war. Als sie ins Wohnzimmer trat, erhob sich eine elegante Frau im Hosenanzug vom weißen Ledersofa und lächelte Marie strahlend an. »Hallo! Du musst Marie sein. Dein Vater hat schamlos untertrieben. Du bist in Wirklichkeit noch *viel* hübscher.«

»Aha ... Ist das so?« Marie fühlte sich gleichzeitig überrumpelt und geschmeichelt. Mit einem Kompliment von einer völlig fremden Person hatte sie nicht gerechnet.

Die Frau lächelte weiter. Sie war sorgfältig gestylt, trug eine goldene Uhr und hatte leuchtend roten Lippenstift aufgetragen. »Ich bin Rabea Leinisch von der Agentur *Träume werden wahr*. Du kannst gerne Du zu mir sagen, Marie. Dein Vater hat vorhin bei unserer Agentur angerufen und nach einer Hochzeits-Planerin gefragt. Ich war gerade frei, hab mich sofort ins Auto gesetzt – und hier bin ich also!« Sie breitete einladend die Arme aus.

Marie verkniff sich ein Grinsen. Redete diese Rabea immer so komisch?

Helmut Grevenbroich war bestens gelaunt. »Ist das nicht toll, Marie?«, fragte er. Dann wandte er sich wieder an die Hochzeits-Planerin. »Und Sie haben gleich so viele schöne Ideen mitgebracht, Rabea.«

»*Du* hast schöne Ideen mitgebracht«, korrigierte sie ihn prompt. »Wenn wir über die Liebe sprechen, können wir uns nicht siezen, das geht einfach nicht!« Sie ließ ein glockenhelles Lachen hören.

Marie setzte sich in den Sessel gegenüber von ihrem Vater. Sie schwankte noch, ob sie Rabea für verrückt oder nur für ein bisschen schräg, aber ansonsten sympathisch halten sollte. Die Frau erinnerte sie an eine süße Torte mit einer dicken Zuckerschicht obendrauf.

Die Hochzeits-Planerin redete weiter: »Ich habe deinem Vater gerade erzählt, dass die Burg Wernfeld ein ganz toller Ort zum Feiern ist, gar nicht weit von hier. Sie hat eine kleine romantische Hochzeitskapelle. Bei gutem Wetter können wir im Burghof Tische aufstellen und bei schlechtem Wetter im mittelalterlichen Rittersaal. Und was die Musik betrifft, ihr wollt ja bestimmt auch tanzen …«

Sie wurde von Stimmen aus der Eingangshalle und Babygeplapper unterbrochen. Tessa und Lina waren vom Einkaufen zurück. Lina trug in jeder Hand eine volle Einkaufstüte. Tessa hatte Finn auf dem Arm. Ihre Wangen waren von der frischen Luft gerötet und ihre Augen glänzten.

Während Lina die Einkäufe in die offene Wohnküche brachte, die ans Wohnzimmer angrenzte, blieb Tessa in der Tür stehen. Sie strahlte froh und glücklich in die Runde. Marie

konnte den Blick nicht von ihr lösen. Heute sah Tessa unglaublich jung und noch schöner aus als sonst.
Auch Helmut Grevenbroich und Rabea waren wie verzaubert. Ein paar Sekunden wurde es still, niemand sagte etwas. Dann stutzte die Hochzeits-Planerin und fragte Tessa: »Kennen wir uns nicht von irgendwoher?«
Tessa schüttelte den Kopf. »Nein, nicht dass ich wüsste.«
Rabea nestelte an ihrer goldenen Uhr. »Dann habe ich mich getäuscht. Ist nicht so wichtig. Wichtig ist, dass die Braut jetzt da ist!« Sie ging auf Tessa zu und stellte sich vor. Bevor die wusste, wie ihr geschah, hatte die Hochzeits-Planerin sie mit einem Wangenküsschen begrüßt. »Du bist die schönste Braut, die ich je gesehen habe!«
Marie verdrehte die Augen. Bestimmt sagte Rabea diesen Satz zu jeder Kundin, die sie für einen Auftrag gewinnen wollte. Trotzdem wirkte das Kompliment ehrlich gemeint und glaubwürdig.
Tessas Wangenrot vertiefte sich. »Oh … danke!« Sie nahm neben ihrem zukünftigen Mann auf dem Sofa Platz.
Finn streckte die Ärmchen aus und rief: »Papa, Papa!«
»Hallo, kleiner Mann!« Helmut Grevenbroich hob Finn lachend über seinen Kopf. Dann nahm er ihn auf den Schoß und legte den Arm um Tessa. Sein liebevoller Blick wanderte zu Marie hinüber. Das war unglaublich schön. Marie spürte, dass sie alle zusammengehörten und eine wunderbare Familie waren.
»Wo kommen denn die Haferflocken hin?«, wollte Lina wissen. Sie hatte mal wieder die Begabung, im feierlichsten Augenblick die unpassendste Frage zu stellen.

»In den Schrank neben dem Kühlschrank, ganz oben links«, antwortete Tessa. »Aber das Einräumen kann warten, Lina. Komm doch auch her zu uns!«

Als die komplette Familie im Wohnzimmer versammelt war, erzählte Rabea noch einmal von Burg Wernfeld.

»Da war ich schon!«, rief Lina aufgeregt. »Letztes Schuljahr haben wir mit der Klasse einen Ausflug gemacht. Die Führung war so was von spannend. Da durfte ich in eine Ritterrüstung klettern!«

Auch Marie kannte die Burg. Die drei !!! hatten im letzten Herbst auf einer Radtour Zwischenstation auf Burg Wernfeld gemacht. Marie konnte sich noch gut an den roten Efeu erinnern, der an der Außenmauer hochkletterte, und an die Zugbrücke mit dem dunkelgrünen, weichen Moos zwischen den Pflastersteinen. Wie ein verwunschenes Märchenschloss war ihr die Burg damals erschienen.

»Die Atmosphäre dort ist wirklich toll«, schwärmte Tessa.

Helmut Grevenbroich nickte. »Ja, das stimmt.«

Rabea freute sich über die allgemeine Zustimmung. »Dann darf ich bei der Burg anfragen? Selbstverständlich unverbindlich. Der Ort ist übrigens sehr beliebt bei Brautpaaren, aber vielleicht haben wir Glück und an eurem Wunschtermin ist noch etwas frei.«

Tessa und Helmut wechselten einen kurzen Blick. »Das ist eine gute Idee«, fand Tessa. »Ich glaube, wir sind uns auch sonst einig. Wir würden dich gerne für unsere Hochzeitsvorbereitungen engagieren.«

»Tausend Dank für euer Vertrauen und für den Auftrag!«, rief Rabea glücklich. »Ich schicke euch dann in den nächsten

Tagen mit der Post einen Vertrag zu.« Sie beugte sich interessiert vor. »Darf ich dir noch eine persönliche Frage stellen, Tessa? Hast du denn schon ein Hochzeitskleid? Oder soll es ein Geheimnis bleiben? Es gibt ja diesen Brauch, dass der Bräutigam das Hochzeitskleid erst in der Kirche sehen soll ...«

»Nein, nein«, sagte Tessa unbefangen. »Helmut darf mein Kleid ruhig schon vorher sehen. Ich hab ihm auch den Stoff und den Schnitt gezeigt. Das Kleid wird gerade von der Schneiderin genäht. Nur bei den Kleidern für die Blumenkinder sind wir uns noch nicht einig. Da wollten wir uns alle noch mal zusammensetzen und über den Schnitt, die Farben und den Stoff sprechen. Es gibt ja so viele Möglichkeiten ...«

Rabea nickte eifrig. »Wie schön, dass ihr euch so viele Gedanken darum macht. Da habe ich gleich noch einen Vorschlag: Ich sehe mir bei der Schneiderin das Kleid an und überlege mir, welche Blumenkleider gut passen könnten. Dann treffe ich eine Vorauswahl und zeige sie euch. So gewinnen wir Zeit, und euch fällt die Entscheidung danach bestimmt leichter.«

Den Vorschlag fanden alle gut.

»Sehr schön, wunderbar!«, sagte Rabea. »Übrigens fällt mir gerade noch ein: Ich könnte bei der Schneiderin eine kleine Modenschau mit Kindermodels organisieren. Was haltet ihr davon?«

»Eine Modenschau? Au ja!«, rief Marie. Sie liebte Mode und das ganze Drumherum. Vor einiger Zeit hatte sie sogar mal einen der begehrten Plätze bei einem Model-Casting ergat-

tert. Tessa und Lina waren auch begeistert von der spontanen Idee der Hochzeitsplanerin.
Helmut Grevenbroich zögerte. »Ist so etwas nicht sehr teuer?«
Rabea beruhigte ihn und Tessa: »Macht euch keine Sorgen, für die Modenschau berechne ich nur einen kleinen Aufschlag.«
Maries Vater lächelte. »Klingt nach einem guten Plan. Obwohl ich, ehrlich gesagt, mit Modenschauen nicht besonders viel am Hut habe. Aber solange ihr nicht darauf besteht, dass ich mitkomme …«
»Du kannst dich natürlich völlig frei entscheiden«, versicherte Tessa. »Wenn du dabei bist, freuen wir uns. Und wenn du was anderes vorhast, erzählen wir dir hinterher haarklein, wie es gelaufen ist.«
»Mama, da!« Finn spürte die Aufregung im Raum und klatschte vergnügt in die Hände.
Helmut Grevenbroich musste lachen. »Du hast uns alle überzeugt, kleiner Mann!«

Geheimes Tagebuch von Kim Jülich
Sonntag, 16:07 Uhr
Wer es wagt, dieses Tagebuch zu lesen, wird es bereuen. Das schlechte Gewissen wird an ihm nagen und es wird ihm Tag für Tag schlechter gehen. Willst du das wirklich? Überleg es dir gut …
Bald bekommt Michi sein Zeugnis überreicht! Ich bin so wahnsinnig stolz auf ihn und kann es kaum erwarten, mit ihm zu feiern. Andererseits läuft mir die Zeit davon. Ich möchte Michi

nämlich zur Feier mit einem selbst gemachten Geschenk überraschen – und bin noch lange nicht fertig damit. Es wird ein Fotobuch mit unseren schönsten gemeinsamen Momenten. Wie Michi wohl reagieren wird, wenn ich es ihm gebe? Bestimmt wird er sich riesig darüber freuen. Ach, mein liebster Michi!
Gerade musste ich kurz aufhören zu schreiben. Mein Vater ist reingekommen und hat mir einen Teller mit selbst gebackenen Keksen vorbeigebracht. Total nett von ihm! Es ist echt schön, dass er jetzt mehr Zeit für uns hat, seit er sich mit seinen Kuckucksuhren selbstständig gemacht hat. Die Aufträge aus der Nachbarschaft für Kuckucksuhren hat er schon erledigt. Unser neuer Nachbar, Herr Poschke, wird garantiert keine Uhr bei Papa bestellen. Er regt sich nämlich wegen jeder Kleinigkeit auf und hat sich schon ein paar Mal bei uns beschwert. Meistens geht es darum, dass unser Hund Pablo über den Zaun springt. Oder dass Ben und Lukas ihren Fußball aus Versehen ins Aus schießen, was zufällig auch mal das Blumenbeet von Herrn Poschke sein kann.
Aber dieser Poschke ist es gar nicht wert, dass ich über ihn in meinem Tagebuch schreibe. Wie auch immer, ich finde es gut, dass Papa gerade keine neuen Aufträge hat. So kann er jeden Tag Kekse für mich backen und mein Süßigkeiten-Nachschub ist gesichert!
Jetzt musste ich schon wieder unterbrechen. Meine nervigen Brüder Ben und Lukas haben mich gestört. Erst haben sie draußen im Flur mit Pablo Fangen gespielt und dann wollten sie das Spiel auf mein Zimmer ausdehnen. Super Idee! Es hat ganz schön gedauert, bis ich sie wieder draußen hatte. Aber jetzt ist endlich Ruhe!

Da fällt mir gerade auf: Eigentlich hab ich schon alles geschrieben, was ich heute erzählen wollte. Also dann: Tschüss, liebes Tagebuch!

Alte Freunde

Marie atmete tief ein. Der Blumenladen war erfüllt vom Duft unzähliger Blumen, die in Behältern auf dem Boden und in den Regalen standen. Narzissen, Tulpen, Hyazinthen, Gerbera und immer wieder Rosen: gelbe, orangefarbene und dunkelrote.

Tessa hatte Marie am Dienstagnachmittag von der Schule abgeholt. Nach einem Imbiss in der Innenstadt wollten sie nun den Brautstrauß und den Blumenschmuck für die Kirche und das Brautauto aussuchen. Rabea würde auch noch dazukommen.

»Guten Tag, kann ich Ihnen helfen?« Die Floristin kam aus dem Nebenraum.

»Gerne«, sagte Tessa. »Es geht um meinen Brautstrauß. Rabea, die Hochzeits-Planerin, war neulich bei Ihnen und hat mit Ihnen gesprochen.«

Die Floristin lächelte. »Ja, genau! Es freut mich, Sie kennenzulernen. Ich habe auch schon was für Sie vorbereitet.«

Hinter ihnen läutete die Ladenglocke. Es war Rabea. »Da seid ihr ja schon! Ich bin hoffentlich nicht zu spät?«

»Nein, gar nicht«, sagte Tessa. Die beiden Frauen tauschten Wangenküsschen aus.

Die Floristin führte sie zum Ladentisch. Dort lagen drei verschiedene Brautsträuße und drei verschiedene Arten von Blumenschmuck für die Kirche und das Brautauto zur Auswahl bereit. Bei allen waren Tessas Lieblingsblumen dabei: orangefarbene Rosen.

»Ich habe drei Varianten in Auftrag gegeben«, sagte Rabea. »Einmal ganz schlicht, dann romantisch und schließlich ein bisschen extravagant.«
»Der hier sieht schön aus.« Marie zeigte auf den schlichten Strauß, bei dem die Rosen mit weißem Schleierkraut kombiniert waren.
»Ja, der ist perfekt.« Tessa berührte das weiße Seidenband, mit dem die Stiele der Rosen umwickelt waren.
Die Hochzeits-Planerin lächelte. »Das hab ich mir schon fast gedacht. Wie schön, dass ich deinen Geschmack getroffen habe, Tessa. Wunderbar! Und hier haben wir noch die dazu passenden Blumen fürs Auto und die Kirche.«
Auch in diesem Punkt waren sich Tessa und Marie schnell einig: Der Blumenschmuck sah toll aus. Tessa machte der Floristin ein Kompliment, wie schön sie die Rosen fürs Brautauto zu einem Herz gebunden hatte.
»Vielen Dank«, sagte die Floristin. »Das Herz ist übrigens auch mein persönlicher Favorit, und ich …«
Hinter ihnen ertönte die Ladenglocke. Ein junger Mann kam herein. Er war schlank, groß und hatte eine Schirmmütze tief ins Gesicht gezogen. Marie stutzte. Er kam ihr irgendwie bekannt vor, aber sie wusste nicht mehr, woher.
Rabea warf dem Mann einen interessierten Blick zu. Der schien jedoch völlig damit beschäftigt zu sein, sich die Grußkarten anzusehen. Während er mit der einen Hand den Drehständer in Bewegung setzte, schob er mit der anderen Hand seine Brille ein Stück höher auf die Nase. Er trug ein schwarzes Horngestell.
Plötzlich machte es »klick!« in Maries Gehirn. Das war der

verdächtige Typ aus dem *Café Lomo*! Dass sie ihn so schnell wiedersehen würde, damit hatte sie nicht im Traum gerechnet. Marie drehte sich schnell um. Hoffentlich hatte der Mann sie nicht wiedererkannt. Sie wollte ihn ungestört beobachten.

»Was schwebt denn da an der Decke?« Tessa schien als Einzige den Mann gar nicht richtig bemerkt zu haben. Sie zeigte auf ein Mobile im hinteren Teil des Blumenladens. »Sind das Schmetterlinge?«

»Ja«, sagte die Floristin. »Die sind aus buntem Papier gefaltet. Man kann sie sehr vielseitig als Deko einsetzen.«

Tessas Augen leuchteten. »Ich liebe Schmetterlinge! Könnten wir die vielleicht in der Kirche schweben lassen, vorne im Altarraum zum Beispiel?«

»Die Idee ist ganz wunderbar!«, stimmte Rabea zu. »Die hätte auch von mir stammen können.« Sie ließ wieder ihr glockenhelles Lachen hören, das vom Klingeln ihres Smartphones unterbrochen wurde. Die Hochzeits-Planerin entschuldigte sich: »Das ist meine Chefin. Ich bin gleich wieder bei euch.« Sie lief, mit dem Handy am Ohr, geschäftig auf und ab.

Tessa ging mit der Floristin in den hinteren Teil des Ladens. Marie blieb zurück. Unauffällig schlenderte sie zu einem Regal mit Blumentöpfen und nahm einen großen gelben Keramiktopf in die Hände, mit dem sie geschickt ihr Gesicht verdeckte. Dabei verfolgte sie den Mann vom *Café Lomo* aus den Augenwinkeln. Der hatte sie zum Glück nicht wiedererkannt und fühlte sich anscheinend unbeobachtet.

Auf einmal ließen ihn die Grußkarten völlig kalt. Zielstrebig steuerte er auf den Ladentisch zu, zückte eine Kamera und schoss ein paar Fotos von den Brautsträußen. Er ging extra nah ran, damit er auch alle Details der Blumen draufbekam. Marie hielt den Atem an. Was war das denn gewesen? Auch Rabea wunderte sich. Sie nahm kurz das Handy vom Ohr weg und runzelte irritiert die Stirn.

Der Mann steckte hastig seine Kamera wieder ein, reckte den Kopf und spähte zu Tessa und der Floristin hinüber. Danach drehte er sich abrupt um und verließ beinahe fluchtartig den Laden.

Marie spürte automatisch den Impuls, ihm sofort nachzulaufen, aber dann überlegte sie es sich anders. Sie wollte jetzt nicht einfach gehen, schließlich war sie mit ihrer Stiefmutter extra hierhergekommen. Aber in ihrem Kopf schwirrten drei große Fragen herum: Wer war dieser Mann? Was wollte er bloß von Tessa? Und warum in aller Welt hatte er die Brautsträuße fotografiert?

Kurz darauf verabschiedeten sich Tessa, Rabea und Marie von der Floristin und verließen gemeinsam den Blumenladen.

Auf dem Gehsteig sagte die Hochzeits-Planerin: »Das ging ja wirklich schnell. Prima, dass wir die Blumenfragen alle geklärt haben! Und was mir gerade noch einfällt, Tessa: Wir könnten einen zweiten Brautstrauß bestellen. Den einen trägst du in der Kirche und wirfst ihn hinterher über deinen Kopf zu den unverheirateten Mädchen und Frauen. Den anderen behältst du und bewahrst ihn zu Hause als Erinnerung auf. Es gibt da ein ganz tolles Spray, damit kann man den Strauß konservieren. Dann hält er bis zu eurer silbernen Hochzeit, garantiert! Das Spray kostet auch gar nicht viel, ich würde euch dafür nur einen kleinen Aufschlag berechnen.«

Der Gedanke, eine so schöne Erinnerung zu haben, gefiel Tessa. »Danke für den Tipp. Das können wir gerne so machen.«

»Sehr gut.« Rabeas Smartphone klingelte schon wieder. »Wir sehen uns ganz bald wieder. Tschüss, Tessa, tschüss, Marie! Macht's gut, ihr Lieben.« Mit eiligen Schritten lief sie zu ihrem Auto.

Marie und Tessa beschlossen, noch einen kleinen Stadtbummel zu machen. Die Sonne schien von einem blitzblauen Himmel und es war überraschend warm für Mitte April.

Marie hakte sich bei ihrer Stiefmutter unter. »Das ist alles so aufregend! Und es macht so viel Spaß, eine Hochzeit vorzubereiten.«

Tessa lachte. »Ja, seit Rabea uns unterstützt, macht es auch mir noch mehr Spaß als vorher.«

Sie schlossen sich dem Strom der Passanten an. Von den meisten wurden sie überholt, weil die Leute nach der Arbeit noch schnell etwas erledigen wollten. Nur eine Person schien merkwürdigerweise immer dasselbe Tempo wie Marie und Tessa zu haben und hielt stets den gleichen Abstand. Marie fiel es erst nach einer Weile auf. War das einfach nur Zufall? Oder folgte ihnen jemand absichtlich?

Marie wollte es herausfinden. »Sieh mal!«, sagte sie zu Tessa und lotste ihre Stiefmutter zum Schaufenster eines Juwelierladens, der ein romantisches Foto ausgestellt hatte. Ein Mann steckte vor einem Sonnenuntergang seiner Braut den Ring an den Finger. Tessa bekam einen träumerischen Ausdruck in den Augen, als sie das Foto betrachtete. Marie dagegen war hoch konzentriert.

Es war kein Zufall gewesen! Die Person blieb nämlich ebenfalls stehen. Marie schielte über ihre Schulter. Sie war nicht wirklich überrascht, als sie entdeckte, dass es der verdächtige Mann aus dem *Café Lomo* war. Jetzt reichte es aber langsam! Sie konnte nicht länger tatenlos zusehen.

Marie wartete bis zur nächsten Straßenecke. Sie hakte sich enger bei Tessa unter, beschleunigte das Tempo und blieb kurz darauf unvermittelt stehen.

Die Taktik funktionierte. Der Mann schaffte es nicht, rechtzeitig zu bremsen. Beinahe wäre er Tessa auf die Füße getreten, wurde rot und murmelte betreten: »Entschuldigung!«

Marie sah ihn herausfordernd an. »Was soll das? Warum verfolgen Sie uns?«

Der Mann reagierte nicht. Er beachtete Marie überhaupt nicht und schien sie auch nicht wiederzuerkennen. Seine Augen ruhten auf Tessa.

Marie wurde wütend. Sie wollte ihn gerade nachdrücklich auffordern, sie beide in Ruhe zu lassen. Doch dann bemerkte sie, dass auch Tessa ihn ansah und scheinbar gar nicht verärgert war, sondern eher angenehm überrascht wirkte.

Was ging hier vor sich? Marie fühlte sich wie im falschen Film.

»Wie ... das glaub ich jetzt nicht!«, sagte Tessa verblüfft. »Sebastian, du?!«

»Hallo, Tessa!« Der Mann grinste verlegen.

Marie konnte es nicht fassen. Tessa und der Verdächtige aus dem *Café Lomo* kannten sich! Ein paar Sekunden sagten weder Tessa noch Sebastian etwas. Sie blieben mitten auf dem Gehsteig stehen und merkten nicht, dass sie den Passanten, die über die Ampel gehen wollten, den Weg versperrten. Gleichzeitig streckten sie die Hand aus, lachten eine Spur zu laut und begrüßten sich.

»Mensch, das ist ja ewig her!« Tessa fuhr sich mit den Fingern durch die Haare. »Wie geht's dir denn? Was machst du so?«

»Mir geht's gut«, sagte Sebastian. »Ich bin Comiczeichner, hab mich vor ein paar Jahren selbstständig gemacht.«

Tessa blickte ihn bewundernd an. »Wow! Das ist ja ein cooler Beruf.«

Marie räusperte sich. »Äh … wir sollten vielleicht ein Stück von der Ampel weggehen. Sonst werden wir dauernd angerempelt.«

Tessa und Sebastian reagierten zwar und wichen in einen Toreingang aus. Doch dort redeten sie weiter, als ob sie alleine wären. Marie schienen sie völlig vergessen zu haben.

Sebastian erzählte: »Ich hab ein paar Jahre in den USA gelebt und bin erst vor einem Monat zurückgekommen. Meine Wohnung ist neben dem Blumenladen. Als ich vorhin zum Einkaufen los bin, habe ich zufällig gesehen, wie du in den Laden reingegangen bist. Ich bin dir nachgegangen, weil ich Hallo sagen wollte. Im Laden warst du so beschäftigt, da wollte ich dich nicht stören. Deshalb bin ich dir gefolgt.«

Tessa drohte Sebastian scherzhaft mit dem Zeigefinger. »Jetzt sag bloß, du spionierst mir nach!«

»Nein, natürlich nicht«, wehrte Sebastian ab. »Den Eindruck wollte ich ganz bestimmt nicht erwecken!«

Marie hatte die ganze Zeit alarmiert zugehört. Sie vertraute diesem Sebastian und der »zufälligen Begegnung« nicht. Sebastian hatte schließlich schon vorher systematisch Zeitungsartikel über Tessa und Helmut Grevenbroich gesammelt. Da steckte irgendein Plan dahinter.
»Dann ist es ja gut.« Tessa hatte ihre Frage ohnehin nicht ganz ernst gemeint, und damit war das Thema für sie erledigt.
»Jetzt bin ich natürlich auch neugierig«, sagte Sebastian. »Was machst du denn beruflich? Ich hab damals nur noch mitbekommen, dass du zum Film wolltest.«
Tessa nickte. »Ja, ich bin tatsächlich Kamerafrau geworden. Der Beruf macht mir total Spaß, aber er ist mir manchmal nicht kreativ genug. Deshalb habe ich mir vor einiger Zeit ein zweites Standbein als Modedesignerin aufgebaut. Ich entwerfe T-Shirts für mein eigenes Label. Es heißt *Think Nature*. Momentan bin ich aber noch in Elternzeit – ach ja, und ich werde bald heiraten.«
»Hey!«, rief Sebastian überrascht. »Das sind ja tolle Neuigkeiten. Herzlichen Glückwunsch!«
»Danke.« Tessa wurde ein bisschen rot. »Entschuldige bitte, ich hab dir noch gar nicht meine Stieftochter vorgestellt. Das ist Marie, die Tochter meines Mannes.«
»Hallo«, sagte Sebastian. Jetzt erinnerte er sich offensichtlich an die Begegnung mit den drei !!! im *Café Lomo*, aber Marie schien für ihn eher ein Störfaktor bei dem Gespräch mit Tessa zu sein.
»Das ist ja echt nett, dass wir uns nach so vielen Jahren zufällig wieder getroffen haben«, plauderte Tessa unbefangen weiter.

»Finde ich auch.« Sebastian wandte sich von Marie ab und blinzelte eifrig hinter seiner schwarzen Hornbrille. »Vielleicht sieht man sich ja mal wieder. Würde mich echt freuen.«
In dem Moment schob sich eine dunkle Wolke vor die Sonne. Plötzlich wurde es kühler und der Wind frischte auf. Marie zog fröstelnd die Schultern hoch.
»Ja, würde mich auch freuen«, sagte Tessa. Sie kramte in ihrer Handtasche. »Warte mal, am besten gebe ich dir meine Visitenkarte.«
Marie trat nervös von einem Bein aufs andere. Am liebsten hätte sie ihre Stiefmutter davon abgehalten, Sebastian so vertrauensselig ihre Kontaktdaten weiterzugeben, aber sie wusste nicht, wie sie es am besten anstellen sollte. Tessa würde es vermutlich nicht verstehen.
Dann war es auch schon passiert. Mit den ersten Regentropfen, die vom mittlerweile stark bewölkten Aprilhimmel fielen, überreichte Tessa Sebastian die Visitenkarte ihrer Firma *Think Nature*.
Sebastian ließ die Karte in seiner Hosentasche verschwinden und schob sich die Schirmmütze als Schutz vor dem Regen noch tiefer in die Stirn. Dann verabschiedete er sich lächelnd. Tessa zog ihren kleinen Regenschirm aus der Handtasche und spannte ihn auf. Gemeinsam duckten sie sich unter den Schirm und gingen im Regen weiter. Tessa sagte nichts und summte leise vor sich hin.
»Woher kennt ihr euch eigentlich?«, erkundigte sich Marie so beiläufig wie möglich.
Tessas Gesicht war zu nah an ihrem eigenen, als dass sie den Gesichtsausdruck ihrer Stiefmutter hätte sehen können.

»Ach, wir haben uns ein paar Mal auf Studentenpartys gesehen und uns gut verstanden«, antwortete Tessa. »Es war immer sehr nett, aber gleich nach dem Studium haben wir uns aus den Augen verloren.«
Eine leichte Schwingung in Tessas Stimme ließ Marie aufhorchen. War es wirklich nur »nett« mit Sebastian gewesen oder gab es damals noch etwas anderes zwischen den beiden, irgendein Geheimnis vielleicht?
Marie wurde nicht schlau aus der Geschichte und vor allem nicht aus diesem Sebastian. Warum hatte er sich erst jahrelang nicht gemeldet und war jetzt auf einmal so hartnäckig? Marie spürte, dass er irgendetwas verbarg. Sie konnte nicht anders, sie musste ihre Stiefmutter wenigstens davor warnen, Sebastian einfach so zu vertrauen.
»Du, Tessa«, fing Marie zögernd an. »Ich wollte dir noch was erzählen. Vorhin im Blumenladen hat Sebastian Fotos von deinen Brautsträußen gemacht.«
»Ach, wirklich?«, meinte Tessa. »Hab ich gar nicht mitbekommen.«
»Ich schon.« Marie war keineswegs zufrieden mit Tessas Antwort. »Ich finde das seltsam, du nicht? Erst fotografiert Sebastian deine Brautsträuße und dann läuft er dir ziemlich hartnäckig auf der Straße hinterher.«
Tessa zwinkerte Marie zu. »Du siehst schon an jeder Ecke einen Verbrecher, was? Ich weiß, dass du als Detektivin immer einen besonders scharfen Blick hast, aber diesmal steckt bestimmt nichts Verdächtiges dahinter.«
»Vielleicht«, murmelte Marie, »vielleicht aber auch nicht.«
Nach dem Abendessen machte Marie es sich auf ihrem Bett

bequem und rief Holger an. Sie liebte das Ritual ihrer regelmäßigen Telefon-Dates.

Holger hatte schon auf ihren Anruf gewartet und war sofort dran. »Hallo, Süße, wie geht's dir?«

»Sehr gut. Und dir?«

»Auch gut. Seit ich deine Stimme höre, geht's mir noch besser.«

Marie spürte ein Kribbeln im Bauch. Was für ein Glück sie hatte, dass sie mit Holger zusammen war und alles mit ihm teilen konnte!

Auch jetzt musste sie sofort loswerden, was es an Neuigkeiten in Bezug auf die Hochzeit gab. »Wir waren heute im Blumenladen. Du hättest den Brautstrauß sehen sollen! Er ist so wunderschön! Orangefarbene Rosen mit Schleierkraut. Tessa hatte dann noch die geniale Idee mit den Schmetterlingen.«

»Welche Schmetterlinge?«, hakte Holger nach.

»Also, das sind Deko-Schmetterlinge«, erklärte sie und beschrieb extra ganz genau, wie sie gefaltet waren und wie sie aussahen.

»Hm, toll ...«, sagte Holger. Er klang nur halb so begeistert, wie Marie es sich gewünscht hätte, aber sie ließ sich davon nicht aus dem Konzept bringen.

»Und noch was muss ich dir erzählen«, redete sie schnell weiter. »Rabea, die Hochzeits-Planerin, organisiert eine Modenschau für unsere Blumenkleider. Ist das nicht der absolute Wahnsinn?«

Ein langer Seufzer kam aus dem Handy. »Sag mal, gibt es denn kein anderes Thema, über das wir reden können? Seit

mindestens zwei Wochen geht es nur um Tessas Hochzeit.«
Holger war sichtlich genervt.
»Entschuldige«, sagte Marie halb zerknirscht, halb enttäuscht. Sie hatte sich so gefreut, Holger alle Einzelheiten zu berichten.
»Ich versteh ja, dass du im Hochzeitsfieber bist.« Holgers Stimme wurde wieder weicher. »Trotzdem gibt es auch noch andere Dinge auf der Welt. Mich zum Beispiel ...«
Marie musste lachen. Holger hatte es mit seinem Humor wieder mal geschafft, für gute Stimmung zu sorgen.
»Ich werde mich bessern«, versprach sie. »Ehrlich! Und jetzt bist du dran. Was ist bei dir in den letzten Tagen passiert?«
»Ich war gestern und heute viel mit dem Mountainbike unterwegs«, erzählte Holger. »Heute bin ich dreimal nass geworden, weil es immer wieder geregnet hat. Aber spätestens beim dritten Mal war es auch schon egal. Dann bin ich eben als nasser Pudel durch die Stadt gefahren.«
Marie kicherte. »Du warst bestimmt ein sehr süßer nasser Pudel! Du, wir könnten doch mal wieder eine Radtour machen. Hast du Lust?«
»Klar!«, sagte Holger sofort. »Wie wär's mit nächsten Mittwoch?«
Marie hatte ihren Terminkalender im Kopf. »Passt perfekt«, sagte sie.
»Dann bis ganz bald!«
Sie gaben sich noch Küsschen durchs Handy, dann legte Marie auf. Ihre Enttäuschung war verflogen. Zurück blieb ein zärtliches, warmes Gefühl für Holger.
»Bis ganz bald«, wiederholte Marie leise und ging langsam

ins Bad, um den neuen perlmuttfarbenen Nagellack auszuprobieren, den sie sich neulich besorgt hatte. Hoffentlich passte er zu ihrem Blumenkleid!

Zitronencreme und Nugat

»Und du weißt wirklich nicht, was die Überraschung ist?«, fragte Marie, während sie kräftig in die Pedale trat.
Franzi schüttelte den Kopf. »Nein, keine Ahnung. Meine Mutter hat kein Sterbenswort verraten.«
»Das ist ja … echt … fies!« Kim bog keuchend als Letzte in die Allee ein, die zu Franzis Zuhause führte.
Die drei !!! waren am Freitag nach der Schule gemeinsam von der Innenstadt aus mit den Rädern aufgebrochen. Frau Winkler hatte die Detektivinnen zusammen mit Tessa, Helmut und Lina eingeladen und eine geheimnisvolle Überraschung angekündigt.
Marie hatte eigentlich nichts gegen ein bisschen Vorfreude. »Bald werden wir mehr wissen«, sagte sie zu ihren Freundinnen.
Vor ihnen tauchte das rote Backsteinhaus auf. Der Efeu an der Mauer hatte frische hellgrüne Blätter bekommen, die sich dem Sonnenlicht entgegenstreckten. Die drei !!! bremsten auf dem Schotterweg und stellten ihre Fahrräder am Zaun ab, hinter dem sich der Obstgarten und eine kleine Pferdekoppel befanden. Aus der Ferne hörten sie Franzis Pony wiehern.
Franzi formte ihre Hände zu einem Trichter. »Ich komm später zu dir, Tinka. Dann reiten wir in den Wald!«
Tinka schien verstanden zu haben. Sie wieherte noch einmal fröhlich.
Die drei !!! gingen ins Haus hinein. Sobald sie die Tür auf-

machten, wurden sie vom Duft frisch gebackener Kuchen eingehüllt. Zum Wochenende bestellten die Kunden von Frau Winkler immer besonders viel.
In der gemütlichen Wohnküche stapelten sich Zeitungen und Backbücher. Tessa saß bereits auf der Eckbank und plauderte angeregt mit Franzis Mutter. Das Gespräch drehte sich um die Modenschau bei Tessas Schneiderin, die Rabea in unglaublich kurzer Zeit organisiert hatte und die schon morgen stattfinden sollte.
»Ihr kommt gerade richtig!«, begrüßte Frau Winkler Kim, Franzi und Marie. Sie trug eine goldgelbe Schürze mit der Aufschrift *Kuchenservice Winkler*. »Deckt bitte schon mal den Tisch.«
»Aber wir haben doch schon in der Schule zu Mittag gegessen«, sagte Kim verwundert.
Frau Winkler lächelte. »Ich weiß. Das hier sind ja auch Kuchenteller!« Sie verfrachtete die Zeitungen und Kochbücher auf die Ablage neben der Spüle. Dann reichte sie Kim einen Stapel Teller aus dem Küchenbüffet heraus.
Auf einmal ahnte Marie, was die Überraschung vielleicht sein könnte.
»Helmut lässt dich herzlich grüßen«, sagte Tessa zu Franzis Mutter. »Er hat leider kurzfristig einen Termin reinbekommen, den er nicht absagen konnte. Und Lina ist bei ihrer Kletter-AG.«
Frau Winkler seufzte. »Das ist wirklich schade. Die beiden verpassen nämlich was!«
Nachdem die drei !!! den Tisch gedeckt und sich gesetzt hatten, lüftete Franzis Mutter endlich ihr Geheimnis. Sie holte

drei Mini-Torten aus der Speisekammer, die alle mit weißem Zuckerguss überzogen waren. Feierlich stellte sie sie auf den Tisch und verkündete: »Liebe Tessa, ich möchte für dich und Helmut die Hochzeitstorte backen als Geschenk an euch beide.«
»Das ist ja …« Tessa stand spontan auf und umarmte Franzis Mutter. »Das ist total lieb von dir.«
»Wie schön, dass du dich freust und vorher nichts geahnt hast«, sagte Frau Winkler. »Ich möchte natürlich, dass euch die Hochzeitstorte richtig gut schmeckt. Deshalb habe ich drei verschiedene Füllungen und Böden vorbereitet. Die können wir jetzt in Ruhe gemeinsam probieren.«
»Ja!«, rief Kim mit so großer Begeisterung, dass alle lachen mussten.
Marie sah sich die quadratischen Torten genauer an. Die erste war mit roten Marzipanrosen dekoriert, auf der zweiten lag ein Schokoladenherz, und auf der dritten thronte ein Brautpaar, das ebenfalls aus Marzipan bestand.
»Das gibt's ja nicht!«, sagte Tessa verblüfft. »Die Braut und der Bräutigam sehen uns ja sogar ähnlich. Wie hast du das bloß geschafft? Du bist ein Genie!«
Frau Winkler wehrte ab. »Ach, das war gar nicht so schwer, Tessa.« Dann schnitt sie die Torten an und erklärte, was jeweils drin war. Es gab hellen Biskuit mit Zitronencreme, dunklen Biskuit mit Nussnugatcreme und Schwarzwälder Kirsch.
Jede bekam ein winziges Stück von jeder Torte. Genießerisches Schweigen breitete sich aus. Kim machte die Augen zu, um sich noch besser konzentrieren zu können.

Marie fand, dass alle drei Torten super schmeckten. Die Böden waren luftig und die Cremes zergingen auf der Zunge.
»Mmh, die sind alle sooo lecker!«, schwärmte Kim. »Die Entscheidung fällt mir echt schwer. Eigentlich mag ich ja Schokolade am liebsten, aber diese Zitronencreme ist so himmlisch, so leicht …«
»Finde ich auch«, sagten Marie und Franzi gleichzeitig.
»Und was meinst du?« Frau Winkler sah Tessa erwartungsvoll an.
»You are so beautiful to me …« Plötzlich erfüllte ein Liebeslied die winklersche Wohnküche. Tessa griff nach ihrem Handy, das sie auf dem Bord über der Eckbank abgelegt hatte. »Entschuldigt bitte, das ist Rabea. Vielleicht sollte ich kurz rangehen. – Hallo, Rabea! Was gibt es denn?« Sie drückte auf die Lautsprechertaste, damit alle mithören konnten.
»Hi, Tessa! Du, ich bin gerade beim besten Konditor der Stadt. Der hat sensationelle Ideen für eure Hochzeitstorte. Er baut euch einen atemberaubenden Turm mit fünf Stockwerken und Blumengirlanden …«, erzählte die Hochzeits-Planerin begeistert.
Tessa unterbrach sie nach den ersten Sätzen: »Hört sich super an, aber stell dir vor, eine Freundin möchte unsere Hochzeitstorte backen! Das ist so ein tolles Geschenk von ihr. Wir sitzen gerade bei ihr zu Hause und testen die Probetorten.«
Nach einem kurzen Schweigen sagte Rabea: »Wie schön, das freut mich. Kein Problem, dann gebe ich dem Konditor Bescheid. Bisher sind ja noch keine Kosten entstanden.«
»Prima. Danke dir, Rabea.« Tessa legte auf, griff nach ihrer Kuchengabel und schob sich einen Bissen von der Torte mit

Zitronencreme in den Mund. »Mmh! Genau so soll die Hochzeitstorte schmecken.«
Frau Winkler lächelte vergnügt. »Toll, dass ihr euch so schnell entschieden habt. Jetzt kann ich es euch ja verraten: Wenn ich meinen Mann noch mal heiraten würde, dann auch nur mit diesem Biskuit mit Zitronencreme!«

Eine halbe Stunde später begleitete Franzi Kim und Marie nach draußen.
Kim rieb sich seufzend den Bauch. »Gut, dass wir mit den Rädern da sind, da kann ich mir gleich wieder ein paar Kalorien abstrampeln.«
»Was du überhaupt nicht nötig hast«, bemerkte Franzi. »Du hast eine super Figur und siehst toll aus.«
»Danke!«, freute sich Kim.
Marie ging zum Zaun und schloss ihr Fahrrad auf. Da fiel ihr plötzlich ein, dass sie Kim und Franzi noch gar nichts von der Begegnung mit Sebastian erzählt hatte. Vor lauter Hochzeitsfieber und der Aufregung wegen der Modenschau war in den letzten Tagen alles andere in den Hintergrund gerückt. »Erinnert ihr euch noch an den Mann im *Café Lomo* mit den Zeitungsausschnitten von Tessa und meinem Vater?«, fragte Marie.
»Klar«, nickte Franzi. »Sag bloß, du hast ihn zufällig wiedergetroffen?«
Marie verzog die Mundwinkel. »Ich glaube nicht, dass es Zufall war. Ich glaube eher, dass Sebastian Tessa bewusst hinterherspioniert und irgendwas vorhat.« Sie brachte ihre Detektivkolleginnen auf den neuesten Stand.

Kim hörte aufmerksam zu. »Das klingt wirklich merkwürdig. Ich finde auch, dass sich dieser Sebastian verdächtig benimmt.«
»Tessa sollte vorsichtig sein, wer weiß, was er vorhat.« Marie strich nachdenklich über ihren Fahrradsattel. »Was meint ihr? Sollten wir was unternehmen? Tessa noch mal warnen oder so?«
»Ich weiß nicht«, meinte Franzi. »Tessa ist erwachsen und trifft ihre eigenen Entscheidungen.«
Kim nickte. »Ja, das wird wenig bringen. Aber wir sollten auf jeden Fall wachsam bleiben und abwarten, ob Sebastian sich bei ihr meldet.«
»Das machen wir«, stimmte Marie zu. »Ich halte euch auf dem Laufenden.« Sie setzte ihren Fahrradhelm auf. »Tschüss, Franzi, dann bis morgen! Komm bitte nicht zu spät zur Modenschau.«
Franzi verdrehte die Augen. »Keine Sorge, ich bin im Gegensatz zu einer gewissen Detektivin mit blonden Haaren und blauen Augen meistens pünktlich.«
»Ich weiß gar nicht, wen du meinst«, behauptete Marie unschuldig, schwang sich in den Sattel und düste los.
»Hey, warte auf mich!«, rief Kim.
Sie hatte Marie rasch eingeholt. Nebeneinander fuhren sie auf dem Schotterweg dahin, der nach der Allee in einen gut ausgebauten Radweg überging. Ein sanfter Rückenwind trug sie in Richtung Innenstadt. Marie musste kaum in die Pedale treten und genoss die Umgebung. Überall am Wegrand grünte und blühte etwas. Marie konnte sich nicht erinnern, je einen so schönen Frühling erlebt zu haben.

»Sieh mal da drüben, die Bäume mit den rosa Blüten!« Kim nahm kurz eine Hand vom Lenker und zeigte auf eine üppig blühende Baumgruppe rechts neben dem Radweg.
»Das sind Zierkirschen«, wusste Marie. »Die hat meine Mama so gern gemocht. Das waren ihre Lieblingsbäume, hat Papa mir erzählt.«
Kim warf Marie einen liebevollen Blick zu. »Denkst du gerade wieder viel an sie?«
»Ja.« Maries Gedanken flogen in die Vergangenheit. Wie lange es jetzt schon her war, dass ihre Mutter bei einem Autounfall gestorben war! Marie war damals gerade mal zwei Jahre alt gewesen. »Ich würde so gerne alles mit ihr teilen. Unsere Detektivarbeit, unsere Freundschaft, ich möchte ihr alles über Holger erzählen. Ich wünschte, sie könnte sehen, wie schön es ist mit unserer neuen Familie, mit Papa, Tessa, Lina und Finn. Dass es Papa und mir gut geht. Und wie ich mich auf die Hochzeit freue.«
»Das kann ich gut verstehen«, sagte Kim leise. »Deine Mutter ist sicher froh, wie gut es euch geht. Bestimmt spürt sie, dass du an sie denkst.«
Marie nickte. »Ja, das glaube ich auch.«
Sie atmete tief durch, und dann schüttelte sie die traurigen Gedanken ab. Beim Treten in die Pedale spürte sie ihre Muskeln, und auf einmal hatte sie Lust, Kim zu einem Wettrennen herauszufordern. »Wer zuerst bei dir zu Hause ist!«, rief sie übermütig. »Auf die Plätze, fertig … LOS!«
Kim nahm die Herausforderung an. »Na warte, ich lass dich nicht gewinnen!«
Es wurde ein Kopf-an-Kopf-Rennen. Was Marie Kim an

sportlicher Fitness voraushatte, machte Kim durch ihren Ehrgeiz wett. Kurz vor dem Ziel legten sie noch mal einen Endspurt hin. Marie war richtig schnell, aber dann kam ihr eine leere Coladose in die Quere, die mitten auf der Straße lag. Maries Lenker brach kurz aus, und bis sie ihn wieder unter Kontrolle hatte, war Kim schon an ihr vorbeigezogen.
»Erste!«, jubelte sie, bremste vor dem Gartentor der Jülichs und riss beide Arme hoch.
Marie gönnte ihr den Sieg. »Gratuliere, das war echt toll!«
»Danke.« Kim blies sich eine Ponyfranse aus der verschwitzten Stirn. »Magst du noch kurz reinkommen oder willst du gleich weiter?«
»Ich glaube, ich sollte …«
Weiter kam Marie nicht. Eine laute Männerstimme übertönte den Rest ihres Satzes. Herr Poschke erschien am Zaun. Sein Gesicht war rot angelaufen und er drohte mit erhobenem Arm: »Ruft sofort euren Hund zurück, ihr Lausebengel! Der Köter hat in meinem Garten nichts zu suchen!«
Kims Zwillingsbrüder Ben und Lukas flitzten an Marie und Kim vorbei, rissen das Gartentor zum Nachbargrundstück auf und rannten zu Pablo hinüber.
»Aus, Pablo!«, schimpfte Ben.
»Bei Fuß, Pablo!«
Der schwarz-weiße Spaniel-Mischling der Zwillinge hatte keine Zeit, um auf die Kommandos seiner beiden Herrchen zu hören. Er war viel zu aufgeregt, weil er das frisch gepflanzte Beet mit den Frühlingsblumen entdeckt hatte. Fröhlich bellend trampelte er die weiche Erde platt, drehte sich im Kreis herum und ließ sich schließlich auf den Rücken fallen,

um sein Werk gründlich zu vollenden. Spätestens jetzt musste den Zweibeinern klar geworden sein, wie begeistert er von dem neuen tollen Beet war. Leider sahen die das ganz anders als er.

Lukas versuchte Pablos Halsband zu erwischen. »Steh auf! Das geht nicht.«

»Mensch, komm jetzt endlich!«, drängte Ben. Doch auch ihm gelang es nicht, das Halsband zu erreichen, weil Pablo immer wieder seinen Kopf zur Seite drehte.

Inzwischen war Herr Poschke leider am Tatort eingetroffen. »Meine schönen Blumen!«, regte er sich auf. »Was hat euer Hund da bloß wieder angerichtet? Ich hab euch doch schon tausendmal gesagt, dass ihr ihn im Garten nicht einfach so frei herumlaufen lassen dürft! Habt ihr Tomaten auf den Ohren oder was?«

Die Zwillinge zogen erschrocken die Köpfe ein.

»Bitte komm jetzt, Pablo!«, flehte Ben. »Hier ist es gar nicht so spannend. Daheim bekommst du leckere Würstchen.«

Beim Wort »Würstchen« spitzte der Mischlingshund seine Schlappohren. Sofort sprang er auf, wedelte mit dem Schwanz und nahm Anlauf. Mit einem Satz sprang er über den Zaun und lief zur Haustür der Jülichs.

Ben und Lukas hetzten zurück zum Gartentor des Nachbarn und machten sich so schnell wie möglich aus dem Staub.

Herr Poschke brüllte hinter ihnen her: »Nicht mal entschuldigen könnt ihr euch! Das wird noch ein Nachspiel haben, verlasst euch drauf! Ich werde mit euren Eltern ein ernstes Wörtchen reden!«

Marie hasste es, wenn Leute kleine Kinder anbrüllten, egal

ob sie dazu einen Grund hatten oder nicht. Energisch läutete sie mit ihrer Fahrradklingel, bis der Nachbar auf sie aufmerksam wurde. »Wenn Sie mit den Eltern von meiner Freundin reden, können Sie sich gleich selber entschuldigen, weil Sie so gebrüllt haben.«

»Ganz genau!« Kim stellte sich selbstbewusst neben Marie. »Sie haben meine Brüder eingeschüchtert. Das dürfen Sie nicht.«

Mit so einer Reaktion hatte Herr Poschke nicht gerechnet. Wütend starrte er Kim und Marie an und hob noch einmal drohend den Arm. Als er merkte, dass er damit nichts erreichte, ließ er den Arm sinken, drehte sich wortlos um und stapfte zu seiner Haustür.

Kim und Marie sahen sich grinsend an. Das hatte richtig Spaß gemacht, diesem Poschke mal ordentlich die Meinung zu sagen!

Schwere Entscheidung

»Wann geht es denn endlich los?«, flüsterte Lina. Maries Stiefschwester konnte nicht länger still sitzen. Sie stand auf, stellte sich auf die Zehenspitzen und versuchte einen Blick hinter den dunkelblauen Vorhang zu erhaschen.

Marie flüsterte zurück: »Gleich! Sei doch nicht so ungeduldig, du machst uns noch alle ganz nervös.«

Prompt kicherten Kim und Franzi aufgeregt, und Tessa ließ sich davon anstecken. Sie saß als Ehrengast auf dem dunkelroten Samt-Sofa der Schneiderin, eingerahmt von ihrer Schwester Sabine und ihrer Freundin Heidi. Alle drei Frauen hatten Sektgläser in den Händen und knabberten dazu Schokolinsen, die ihnen Yvonne, die Schneiderin, hingestellt hatte.

Marie war schon einmal in ihrem Atelier gewesen, aber heute erkannte sie den schlichten Raum kaum wieder. Rabea hatte ihn für die Modenschau so verwandelt, dass man glaubte, im Zimmer einer Märchenprinzessin zu sein. Zwischen den Stühlen, auf denen die Mädchen saßen, und dem Sofa war der Boden für den Laufsteg mit silberner Glitzerfolie ausgelegt. Alle Stühle waren mit weißen Stoff-Überzügen bedeckt. Auf dem Fensterbrett brannten Teelichter und zwischen den Kerzen waren Rosenblütenblätter verstreut. Sogar den Vorhang hatte die Hochzeits-Planerin selbst mitgebracht und in der Mitte des Raums aufgespannt.

Jetzt teilten sich die Stoffbahnen endlich ein wenig und Rabea trat vor die gespannten Zuschauer. Sie trug einen eleganten schwarzen Hosenanzug, den sie mit goldenen, hochhackigen Sandaletten kombiniert hatte. »Herzlich willkommen bei unserer Modenschau!«, begrüßte sie die Gäste. »Wie schön, dass ihr heute alle da seid. Es geht auch gleich los. Applaus bitte für den ersten Walk. Er steht unter dem Motto *Tausendundeine Nacht.*« Sie schnippte leise mit den Fingern und aus einem unsichtbaren Lautsprecher kam stimmungsvolle, orientalische Musik.

Mit einem feierlichen Rascheln ging der Vorhang ganz auf. Ein Mädchen in einem knöchellangen, nachtblauen Kleid schwebte barfuß über den silbernen Laufsteg. Auf der Brust hatte sie eine Schleife, dort war das aufwendig bestickte Kleid gerafft und floss in einem langen weiten Rock nach unten aus. Das Mädchen ging vor bis zur Tür, drehte sich und ging langsam zurück. Ihr entgegen kam das zweite Model. Auch sie trug ein nachtblaues Kleid. Der Schnitt war derselbe, doch statt der Schleife hatte es einen Schalkragen. Kurz darauf hatte das dritte Mädchen seinen Auftritt in einem nachtblauen Kleid mit einem Rundhalsausschnitt. Das Kleid des vierten Mädchens zierte eine Minischleife auf der Schulter.

Nachdem die Models einzeln gelaufen waren, präsentierten sie sich am Schluss gemeinsam vor den Zuschauern.

Marie war so gebannt, dass sie das Klatschen vergaß. Erst der begeisterte Applaus von Kim, Franzi, Lina und Tessa erinnerte sie daran.

Die Mädchen verschwanden wieder hinter dem Vorhang. Klassische Musik von Mozart stimmte auf den zweiten Walk ein. Jetzt präsentierten die vier Models wunderschöne Kleider, die an Ballett-Tänzerinnen erinnerten. Das Oberteil war

jeweils eng geschnitten und der Rock bestand aus luftigem Tüll. Zwei Kleider waren schneeweiß und zwei zartrosa. Dazu trugen die Mädchen Ballerinas, die mit Seidenstoff bezogen waren.
»Ist das schön!«, hörte Marie Tessa flüstern und sah, wie sie Sabines Hand drückte.
Marie fehlten die Worte. Die Modenschau übertraf alle ihre Erwartungen. Konnte es wirklich wahr sein, dass sie selbst bei der Hochzeit auch ein solches Traumkleid tragen durfte? Allein bei der Vorstellung wurde sie schon richtig aufgeregt. Aber das war noch nicht das Ende, die Modenschau ging weiter! Nun ertönte feierliche Orgelmusik. Das erste Mädchen lief in einem knielangen altrosafarbenen Kleid langsam über den Laufsteg. Die Taille schmückte eine breite fliederfarbene Schleife. Das Kleid des zweiten Mädchens war hellrosa und hatte ebenfalls eine fliederfarbene Schleife. Das dritte und das vierte Mädchen trugen jeweils ein fliederfarbenes Kleid. Alle drei Entwürfe waren sehr schlicht gehalten und trotzdem unglaublich elegant. Die Kleider waren gerade geschnitten, hatten kleine Ärmel und runde Halsausschnitte. Hand in Hand traten die vier Mädchen vors Publikum und verbeugten sich. Die letzten Töne der Musik verklangen.
Im Raum war es so still, dass Marie ihren eigenen Herzschlag hören konnte.
Tessas Schultern bebten. Heidi reichte ihr ein Taschentuch, mit dem sie sich die Augen abtupfte. Immer noch traute sich keiner, etwas zu sagen, keiner wollte die feierliche Stimmung durchbrechen.
Irgendwann räusperte Rabea sich leise und gab den Mädchen

ein Zeichen. Die Models gingen zu Tessa hin und flüsterten ihr etwas ins Ohr. Tessa nickte, stand auf und verschwand mit ihnen hinter dem Vorhang.
»Was kommt denn jetzt?«, wollte Lina wissen.
Marie verdrehte die Augen. »Keine Ahnung, aber wir werden es gleich sehen.«
Fünf Minuten später erklang noch einmal das Orgelstück. Der Vorhang ging auf und die Mädchen traten wieder mit ihren schlichten Kleidern auf den Laufsteg. Diesmal hatten sie kleine Blumenkörbchen in den Händen. Sie griffen in die Körbchen hinein und streuten orangefarbene Rosenblüten auf den silbernen Boden – Blumen für die Braut.
Marie hielt den Atem an. Tessa erschien in dem Hochzeitskleid, das Yvonne heute erst fertig genäht hatte. Der schimmernde Seidenstoff umhüllte ihren Körper wie eine zweite Haut. Sie wirkte in dem Kleid so zart wie eine Elfe aus einem fernen Märchenland. Tessa hob den Kopf und lächelte. Sie strahlte vor Glück – und dieses Glück breitete sich überall im Raum aus.
Marie blinzelte eine winzige Träne weg. Sie hatte die tollste, wunderschönste Stiefmutter auf der ganzen Welt!
Tessa und die Blumenmädchen fassten sich an den Händen und verbeugten sich. Alle sprangen auf und klatschten wie verrückt.
Rabea wartete ein wenig, bis es wieder etwas ruhiger geworden war. Dann fragte sie mit einem feinen Lächeln: »Na, welche Blumenkleider haben euch jetzt am besten gefallen?«
Marie musste keine Sekunde lang überlegen. »Die vom dritten Walk!«

»Ja, die sind am allertollsten!«, stimmte Kim zu.
Franzi streckte den Daumen nach oben. »Perfekt!«
»Finde ich auch!« – »Ja, genau!« – »Die passen so gut zu deinem Kleid, Tessa!«
Die Erwachsenen und die Kinder redeten aufgeregt durcheinander, doch alle teilten dieselbe Meinung. Die Entscheidung war gefallen!
Die Hochzeits-Planerin freute sich sehr. »Das ist ja super! Vielen Dank, Mädchen, ihr dürft euch jetzt umziehen und nach Hause gehen.« Als die Models gegangen waren, wandte sie sich an die Schneiderin. »Dann darf ich die Blumenkleider also bei dir in Auftrag geben, Yvonne?«
Die Schneiderin nickte. »Sehr gerne. Ich muss nur noch kurz Maß nehmen, damit die Kleider auch richtig gut passen.«
Yvonne holte ihr Maßband. »Lina, möchtest du dich zuerst gerade hinstellen, am besten ohne Schuhe?«
»Ja, klar«, sagte Lina eifrig.
Während die Schneiderin das Maßband um Linas Taille schlang, klingelte Tessas Handy mit der Melodie von »You are so beautiful«.
Tessa ging ran. »Ach, du bist es. Äh … jetzt passt es gerade nicht so gut. Wir sind gerade bei der Schneiderin.« Sie strich verlegen ihr Hochzeitskleid glatt. … »nein, das macht nichts, du hast nicht gestört. Ich ruf dich später zurück, in Ordnung? Tschüss!«
»Wer war das denn?«, erkundigte sich Marie interessiert.
»Ach, nur Sebastian«, antwortete Tessa beiläufig, »du weißt schon, mein Bekannter aus dem Studium.«
Rabea konnte ihre Neugier schlecht verbergen. »Lass mich

raten, Tessa! Bestimmt ist dieser Sebastian einer deiner glühenden Verehrer, stimmt's oder hab ich recht?«
»Unsinn!«, widersprach Tessa sofort energisch. »Sebastian ist wirklich nur ein flüchtiger Bekannter von früher, nichts weiter!«
Die Hochzeits-Planerin schwieg, aber ihre Mundwinkel zuckten verräterisch.
Marie wechselte hinter Rabeas Rücken einen kurzen Blick mit Kim und Franzi. Was war das denn jetzt gewesen? Hatte die Hochzeits-Planerin ins Schwarze getroffen? War Sebastian damals tatsächlich in Tessa verliebt gewesen? Und was empfand er heute für sie?
Im Grunde spielte es keine Rolle, weil Tessa eine glückliche Braut war und bald heiraten würde. Dennoch hätte Marie zu gerne mehr gewusst!

Detektivtagebuch von Kim Jülich
Sonntag, 19:10 Uhr
Marie, Franzi und ich sind uns einig: Diesen Sebastian dürfen wir nicht aus den Augen verlieren! Der Typ ist merkwürdig, er heckt irgendeinen geheimen Plan aus, da gibt es keinen Zweifel. Sonst würde er sich nicht plötzlich so stark für Tessa interessieren. Gut möglich, dass die beiden früher mal verliebt oder sogar ein Paar waren, aber das ist im Moment nicht so wichtig. Da steckt mehr dahinter! Hoffentlich finden wir es ganz bald heraus.
Noch sind wir mit unseren Ermittlungen am Anfang, aber immerhin hat Marie von Tessa herausbekommen, wie Sebastian mit Nachnamen heißt: Reusner. Marie hat sofort im Internet

nachgesehen und interessante Informationen über unseren Verdächtigen entdeckt.
Sebastian Reusner ist ein ziemlich bekannter Comiczeichner. Er hat schon ein paar sogenannte »Graphic Novels« veröffentlicht. Das sind Comicromane in Buchform, bei denen er sich auch die Geschichten ausgedacht hat. Für einen dieser Romane hat er sogar einen Preis bekommen. Das Beste ist: Übermorgen stellt er diesen Roman bei einer Lesung in der neuen Buchhandlung im Ostviertel vor!
Es liegt auf der Hand, wie unsere nächsten Ermittlungsschritte aussehen: Wir werden zur Lesung gehen und versuchen, dort eventuell über Freunde oder Bekannte von Sebastian Reusner mehr über ihn herauszufinden.
Ich drücke uns ganz fest die Daumen, dass wir jemanden treffen, der uns auf unserer Spur weiterhilft!

Geheimes Tagebuch von Kim Jülich
Sonntag, 19:30 Uhr
Im April macht das Wetter ja bekanntlich, was es will. Es ist absolut unberechenbar. Genauso unberechenbar bin ich auch, falls jemand ohne meine Erlaubnis mein geheimes Tagebuch liest! Der oder die muss sich auf was gefasst machen. Probier es lieber nicht aus!
Beinahe hätte ich alles verraten! Als Michi mich heute gefragt hat, was ich gerade mache, lag mir der Satz schon auf der Zunge: »Ich hab wieder am Fotobuch weitergebastelt!« Zum Glück konnte ich mich im letzten Augenblick zusammenreißen. Ächz! Das war knapp. Es soll doch eine absolut geniale Überraschung werden. Bald ist es so weit.

Bald darf ich Michi das Buch überreichen! Ich kann es kaum erwarten.
Jetzt muss ich leider doch wieder über Herrn Poschke schreiben. Bei uns daheim geht es gerade nur noch um unseren »lieben« Nachbarn. Meine Eltern haben sich ziemlich aufgeregt, als Poschke tatsächlich bei ihnen angerufen und sich wieder über Ben und Lukas beschwert hat. Er hat zwar nicht gebrüllt, aber er war immer noch total sauer wegen des Blumenbeets. Leider hat die klare Ansage von Marie und mir nicht lange vorgehalten!
Meine Eltern sind ja, wenn es um wichtige Dinge geht, normalerweise einer Meinung. Diesmal aber nicht. Mama hat zu meinen Zwillingsbrüdern gesagt, dass sie mehr Rücksicht nehmen und sich bei unserem Nachbarn entschuldigen sollen. Papa dagegen findet, dass Herr Poschke eindeutig überreagiert hat und zu weit gegangen ist. Das sehe ich übrigens ganz genauso wie er!
Ben und Lukas wollen sich nicht bei unserem Nachbarn entschuldigen. Das sehen sie ja überhaupt nicht ein, behaupten sie stur und grinsen auch noch frech dazu. Ich glaube allerdings, so stark, wie sie tun, sind sie in Wirklichkeit gar nicht. Bestimmt haben sie immer noch ganz schön Angst vor diesem Poschke. Kein Wunder, der ist ja auch wirklich fies. Ungefähr so fies wie die Gegenspieler von James Bond, den meine Brüder so toll finden.
Wie das Ganze wohl ausgehen wird? Ich hoffe ja sehr, dass unser Nachbar vielleicht bald wieder auszieht und auf eine einsame Insel auswandert. Da kann er dann die Fische anbrüllen, denen macht das vielleicht nicht so viel aus.

Mama und Papa stehen auf jeden Fall voll hinter Ben und Lukas, egal was noch kommt. Das ist echt cool von ihnen!

Achim packt aus

»Nein, Finn, die Tischkärtchen sind nicht für dich!« Marie nahm lachend die kleine Hand ihres Bruders und zog sie sanft weg. »Schau mal, Natascha hat dir Buntpapier hingelegt, das darfst du zerreißen.«
»Jaaa!«, rief Finn begeistert und legte sofort los.
Natascha versuchte seinen Eifer etwas zu bremsen. »Warte doch, nicht so schnell, junger Mann! Lass noch ein paar größere Papierfetzen übrig. Die kannst du dann hier auf das Packpapier kleben. Ich helf dir dabei.«
Marie konnte sich vom Anblick ihres Bruders gar nicht losreißen. Er war einfach zu süß, wie er mit seinen tapsigen Händen herumfuhrwerkte. Hauptsache, er durfte dabei sein, wenn so etwas Wichtiges wie der Bastelabend für Tischkärtchen stattfand!
Tessa und Helmut leerten eine große Tüte und verteilten Rabeas Einkäufe auf dem Esstisch der alten Villa. Die Hochzeits-Planerin hatte in einem Schreibwarenladen Kärtchen aus lachsfarbenem Karton und dazu jede Menge Bastelmaterial und Stifte besorgt. Da gab es goldene Herzen aus Glanzpapier, Perlen, Moosgummi, Filz, selbstklebende Strass-Steine, Schleifen, Kordeln und Sticker. Außerdem winzige grüne Kleeblätter, Glückskäfer und süße Schornsteinfeger aus Holz.
»Viel Spaß beim Basteln!«, stand auf einer Postkarte, die Rabea beigelegt hatte. »Lasst eurer Fantasie freien Lauf.«
Helmut Grevenbroich lächelte. »Das werden wir!« Maries Vater konnte nicht nur sehr gut kochen, er war auch unglaub-

lich geschickt, wenn es um handwerkliche Dinge oder ums Basteln ging.
»Ich finde es so schön, dass wir die Tischkarten mit der Familie und euch Blumenmädchen selbst basteln«, sagte Tessa. »So werden sie eine ganz persönliche Note bekommen.«
Kim betrachtete die Auswahl mit glänzenden Augen. »Ich hab schon ganz viele Ideen, was wir machen könnten!« Sie war in ihrem Element. Auch ihre Weihnachts- und Geburtstagsgeschenke bastelte Kim meistens selbst. »Wir könnten den Rand der Karten mit Filz oder Moosgummi bekleben, damit es wie ein Bilderrahmen aussieht. Und statt die Namen draufzuschreiben, könnten wir Fotos der Gäste verwenden.«
»Klingt toll«, sagte Franzi. »Aber ist das nicht ziemlich aufwendig? Allein die Sache mit den Fotos. Wie viele Gäste kommen denn zur Hochzeit?«
Helmut Grevenbroich warf einen Blick auf die Gästeliste. »Momentan sind es 137. Bei ein paar Leuten warten wir noch auf die endgültige Zusage.«
»So viele!« Franzi hob die Augenbrauen. »Das wird ja eine richtig große Hochzeit.«
»Na klar«, sagte Lina stolz, »was dachtest du denn?«
Tessa und Helmut lächelten sich über den Tisch hinweg glücklich an. »Wir wollen, dass alle unsere Verwandten, Freunde und Kollegen dabei sind«, erklärte Tessa. »Deshalb ist die Gästeliste in den letzten Monaten immer länger geworden.«
Maries Vater nickte begeistert. »Diesen wunderschönen Tag werden wir mit allen teilen. Deshalb wird die Trauung übrigens in der Jakobikirche in der Innenstadt stattfinden. Die

Burgkapelle ist leider zu klein dafür, da würden nicht alle Gäste reinpassen.«
»Das ist ja schade!«, sagte Kim enttäuscht.
Marie hätte die Burgkapelle für die Trauung auch romantischer gefunden, aber die anschließende ausgiebige Feier war ja zum Glück auf der Burg.
Helmut Grevenbroich kam auf die Tischkarten zurück. »Franzi hat recht: Wir sollten die Kärtchen nicht allzu kompliziert gestalten.«
Jetzt brachte jeder seine Ideen ein. Tessa schlug goldene Herzen und eine dünne rote Kordel vor, die man durch ein winziges Loch zog und zu einer Schleife band. Marie wollte die Tischkärtchen mit ganz vielen Strass-Steinen und Perlen bekleben. Lina fand eine Kombination aus Glückskäfern und Schornsteinfegern am schönsten. Und Kim hatte noch eine zweite Idee: die Karten mit orangefarbenen Rosen aus Filz zu bekleben.
»Wisst ihr was?«, sagte Tessa. »Ich finde alle Ideen richtig toll. Was haltet ihr davon, wenn wir die Kärtchen an jedem Tisch anders gestalten? Das sieht bestimmt sehr farbenfroh aus und bringt Abwechslung rein.«
»Ja, das ist super«, stimmte Helmut Grevenbroich zu.
Auch die anderen fanden Tessas Vorschlag prima.
Finn klatschte vergnügt in die Hände. Dabei verteilte er den Kleber so gut, dass seine Finger komplett verschmiert waren.
Natascha lachte. »Komm, Finn, wir gehen mal kurz ins Bad Hände waschen.«
Der Rest der Familie und die drei !!! machten sich mit Feuereifer an die Arbeit. Eine Weile hörte man nichts als das Klap-

pern der Scheren und das Rascheln von Papier und Geschenkschleifen.

»Gibt es noch irgendwo Glückskäfer?« Helmut Grevenbroich durchforstete das Bastelmaterial. »Nanu? Was ist das denn?« Er fischte einen kleinen, zartgelben Briefumschlag heraus. »Der ist für dich, Tessa.« Er wollte den Umschlag seiner Braut geben.

Die versuchte gerade hoch konzentriert, eine rote Kordel durch ein winziges Loch zu ziehen. »Ich kann jetzt leider nicht. Bitte mach doch den Umschlag für mich auf.«

Maries Vater holte einen kleinen Zettel heraus und las vor, was darauf stand: *Tessa! Ich liebe dich. Daran hat sich nichts geändert. Noch kannst du dich entscheiden. Sebastian.*

Helmut Grevenbroich zog fragend die Augenbrauen hoch. »Das ist ja ein merkwürdiger Brief! Wo kommt der denn plötzlich her, Tessa? Weißt du irgendwas darüber?«

Tessa hatte inzwischen die Kordel erfolgreich durchgefädelt und ließ sich den Brief geben. Sie stutzte kurz, dann rief sie: »Ha, zu spät! Ich heirate in ein paar Wochen den tollsten Mann auf der ganzen Welt!«

Helmut Grevenbroich musste lachen. »Freut mich zu hören. Und ich heirate bald die tollste Frau der Welt. Aber jetzt bin ich schon ein bisschen neugierig. Kenne ich diesen Sebastian?«

»Nein.« Tessa schüttelte den Kopf. »Sebastian ist ein alter Studienfreund. Wir haben uns seit damals nicht gesehen. Neulich sind wir uns zufällig wieder über den Weg gelaufen. Er war nett und meinte, wir könnten ja mal telefonieren. Er war überhaupt nicht aufdringlich oder so. Ich werde ihn bei Gelegenheit mal fragen, was das mit dem Brief soll.«

»Tu das, Liebling«, sagte Maries Vater und zwinkerte seiner Braut zu. »Sebastian hat wirklich Pech. Du bist so bis über beide Ohren verliebt in mich, da hat kein anderer Mann auch nur die geringste Chance!«
Tessa sprang spontan auf, lief zu Helmut hinüber und schlang ihre Arme theatralisch um seinen Hals. »Genau so ist es! Und für die Frauen da draußen gilt übrigens das Gleiche. Sie sollen ruhig todunglücklich sein und sich die Augen ausheulen, weil sie so einen attraktiven Mann wie dich leider nicht kriegen können!«
Das Paar küsste sich lachend.
»Und Cut!«, rief Marie. »Schade, dass ich die Szene nicht mit meinem Handy gefilmt hab. Die war hollywoodreif!«
»Danke fürs Einschalten!« Helmut Grevenbroich verbeugte sich und Tessa winkte lächelnd, als würde sie gerade über den roten Teppich zu einer Filmpremiere schreiten.
Die Stimmung blieb heiter an diesem Abend. Eine Stunde später hatten sie über die Hälfte der Tischkärtchen fertig und stellten sie in Reihen nebeneinander auf den Esstisch.
»Ich bin stolz auf uns!«, sagte Tessa. »Für heute bin ich wunschlos glücklich.«
Marie wurde nachdenklich. Dasselbe konnte sie von sich nicht behaupten. Immer wieder hatte sie an diesem Abend an Sebastian denken müssen. Was bezweckte er mit dem merkwürdigen Liebesbrief? War es ein harmloser Scherz? Oder wollte er sich zwischen Tessa und Helmut drängen, um sein eigenes Glück zu finden? Oder plante er irgendetwas anderes, das gar nichts mit Liebe zu tun hatte? Es blieb rätselhaft.

Marie hoffte sehr, dass die drei !!! auf Sebastians Lesung morgen mehr herausfinden würden. Während Tessa, Helmut und Lina die Bastelsachen aufräumten und Natascha Finn ins Bett brachte, zückte Marie unauffällig ihr Handy und schoss ein Foto von Sebastians Brief. Es konnte gut sein, dass sie den Beweis später noch brauchen würden.

Marie blieb auf der Schwelle der Buchhandlung *Kolibri* stehen. Sie war heute zum ersten Mal hier und sah sich neugierig um. Der Verkaufsraum war nicht besonders groß, aber sehr liebevoll eingerichtet. Im vorderen Bereich konnte man sich aus den Regalen und an runden Tischen Bücher und Geschenkartikel aussuchen. Im hinteren Bereich gab es ein kleines Café mit gemütlichen Hockern und Kissen zum Schmökern. Für die Lesung hatte die Buchhändlerin noch ein paar Klappstühle dazugestellt.

Die Buchhandlung füllte sich langsam mit Besuchern, die sich angeregt im Stehen unterhielten. Sebastian Reusner konnte Marie nicht entdecken. Wahrscheinlich bereitete er sich in einem Nebenraum auf die Lesung vor.

»Da bist du ja endlich!«, rief Franzi. Kim und Franzi kamen auf Marie zu und nahmen sie in die Mitte.

Kim tippte nervös auf ihre Armbanduhr. »Wir haben schon auf dich gewartet. Wir müssen vor der Lesung nämlich noch was Wichtiges erledigen.«

»Was denn?«, fragte Marie verwundert.

Kim und Franzi warfen ihr vielsagende Blicke zu, und Kim formte lautlos mit den Lippen »Power«.

Da wusste Marie Bescheid. »Ach so, klar!«

Immer wenn die !!! einen neuen Fall an Land gezogen hatten oder gerade in besonders schwierigen Ermittlungen steckten, sagten sie gemeinsam den Powerspruch auf, um sich gegenseitig zu stärken.
Kim, Franzi und Marie fanden einen ruhigen Hauseingang ein paar Meter von der Buchhandlung entfernt. Dort stellten sie sich im Kreis auf und legten feierlich die Hände aufeinander.
Kim sagte: »Eins«, Franzi »Zwei« und Marie »Drei!«. Am Schluss warfen sie gleichzeitig die Hände in die Luft und riefen laut: »Power!!!«
Marie spürte sofort neue Energie und war hellwach. Jetzt konnte der Abend losgehen!
Als die Detektivinnen in die Buchhandlung zurückkehrten, saßen die meisten Besucher bereits erwartungsvoll auf ihren Plätzen. Kim, Franzi und Marie ergatterten drei Stühle nebeneinander in der dritten Reihe am Rand. Kaum saßen sie, kam auch schon Sebastian Reusner herein.
Mit schnellen Schritten ging der Comiczeichner zu einem Tisch, während das Publikum applaudierte, und setzte sich. »Vielen Dank! Schön, heute hier zu sein.« Er ließ den Blick über die Köpfe der Zuhörer schweifen. Bei Kim, Franzi und Marie blieb er kurz hängen und runzelte die Stirn. »Ich werde aus meiner neuen Graphic Novel lesen. Sie heißt *Amerika*, und ich habe darin meine Reiseerfahrungen in Worten und Bildern verarbeitet.« Er startete seinen Laptop, damit die Zuhörer die vergrößerten Bild-Doppelseiten des Buchs sehen konnten, und begann mit der Lesung.
Die Geschichte drehte sich um eine Familie, die nach dem

Zweiten Weltkrieg nach Amerika ausgewandert war und dort einen Waschsalon aufmachte. Es gab viele lustige Stellen, bei denen das Publikum herzhaft lachte. Marie lachte auch mit, konzentrierte sich aber vor allem auf das Publikum. Die weißhaarige Frau dort in der ersten Reihe mit der starken Brille, war das vielleicht die Mutter des Comiczeichners? Und der Mann mit dem Dreitagebart, der immer so amüsiert in sich hineingrinste, kannte der Sebastian persönlich?

Marie prägte sich für alle Fälle schon mal die Personenbeschreibungen der beiden ein. Das war mittlerweile zu einer festen Gewohnheit bei ihr geworden.

Vom Inhalt des Buches bekam Marie nicht allzu viel mit. Die Lesung ging schnell vorüber. Am Ende klatschten die Zuhörer begeistert und Sebastian Reusner forderte sie auf, ihm gerne Fragen zu stellen.

Die weißhaarige Frau meldete sich als Erste: »Ich habe selbst einen Sohn in Ihrem Alter, der möchte auch Bücher schreiben. Was für einen Tipp können Sie ihm denn mit auf seinen Weg geben?«

Damit war schon mal klar, dass es sich bei der Frau nicht um die Mutter des Comiczeichners handelte.

Sebastian Reusner überlegte. »Ich kann nur sagen, was ich damals am Anfang gemacht habe: Ich bin zur Buchmesse und zu Comicausstellungen gegangen und hab mit Leuten Kontakt aufgenommen. Dann hab ich an Schreib- und Zeichenworkshops teilgenommen und verschiedene Zeichenstile ausprobiert. Auch an Schreib-Wettbewerben hab ich teilgenommen. Später hab ich mein erstes kleines Comic-Heft bei einem Verlag angeboten, der es dann auch veröffentlicht hat.«

Was er erzählte, erinnerte Marie an Kims erste Erfolge als Krimiautorin. Kim hatte sich noch nicht entschieden, ob sie später einmal Autorin oder Detektivin werden wollte.
Ein paar weitere Zuhörer stellten Fragen. Dann verkündete die Buchhändlerin: »Vielen Dank, lieber Herr Reusner. Wir wollen den Abend noch mit einem Umtrunk ausklingen lassen, zu dem Sie alle herzlich eingeladen sind. Es gibt Wein, Wasser und Orangensaft. Sie können Bücher kaufen und vom Autor signieren lassen. Und Sie haben natürlich die einmalige Gelegenheit, ganz ungezwungen mit Herrn Reusner zu plaudern.«
Kim, Franzi und Marie ließen sich Orangensaft einschenken und mischten sich unter die Gäste. Marie richtete es so ein, dass sie möglichst in der Nähe des Typen mit dem Dreitagebart blieb.
Der ging auf Sebastian Reusner zu und klopfte ihm anerkennend auf die Schulter. »Tolle Lesung, super Buch!«
Der Comiczeichner war geschmeichelt. »Danke, Achim! Das ist echt nett von dir. Tut mir leid, aber da wartet jemand auf mich.« Er deutete auf die Zuhörer, die sich neugierig um ihn scharten und Bücher von ihm signieren lassen wollten. »Aber wenn du ein bisschen Zeit mitgebracht hast, können wir uns hinterher noch unterhalten.«
»Geht klar.« Achim räumte großzügig das Feld, ging zum Büchertisch und blätterte in einem Exemplar von *Amerika.*
Die drei !!! verständigten sich wortlos und stellten sich neben ihn. Erst taten sie so, als würden sie sich auch für das neue Buch interessieren, dann fing Marie ein harmloses Gespräch an. »Uns hat die Lesung auch total gut gefallen.«

Franzi lächelte. »Und der Autor ist so sympathisch, überhaupt nicht eingebildet, obwohl er doch schon einen Preis gewonnen hat.«
»Ja, das stimmt«, bestätigte Achim. »Eingebildet war Sebastian noch nie.«
Kim hakte sofort nach: »Sie kennen ihn persönlich?«
Achim nickte. »Ja, wir sind gemeinsam zur Schule gegangen, waren damals schon befreundet und verstehen uns auch heute noch gut.«
Marie freute sich, dass sie mit ihrer Vermutung richtiggelegen hatte. »Das ist ja spannend!«, sagte sie. »Erzählen Sie doch mal: Wie war Sebastian Reusner denn so, damals in der Schule?«
Achim grinste wieder amüsiert in sich hinein. »Schüchtern auf jeden Fall nicht! Sebastian war ein ziemlicher Draufgänger. Er hat den Lehrern Streiche gespielt, war für jeden Scherz zu haben und hat auch sonst nichts anbrennen lassen.«
»Echt?« Franzi kicherte. »Das sieht man ihm gar nicht an. Hat er schon damals Comics gezeichnet?«
Achim nahm einen Schluck Wein. »In der Schule noch nicht. Aber Kunst fand er immer schon toll, allerdings nur die Kunst, die verboten und gefährlich war. Sebastian hat in einer Nacht-und-Nebel-Aktion unsere Turnhalle mit Graffiti besprüht. Ich muss dazu sagen, dass die richtig hässlich war, er hat sie also verschönert. Trotzdem hat er natürlich einen Riesenärger mit der Schulleitung bekommen.«
Kim nickte erstaunt. »Da war er ja echt mutig!«
Achim nickte. »Und das ist er jetzt auch. Ich hätte mich an seiner Stelle nicht getraut, mich selbstständig zu machen.

Aber der Erfolg gibt ihm recht.« Zum ersten Mal sah er Kim, Franzi und Marie genauer an. »Und wie steht's mit euch? Wisst ihr schon, was ihr später mal werden wollt?«

»Detektivin«, rutschte es Franzi heraus. »Das bin ich übrigens jetzt auch schon. Wir haben nämlich einen Club und …«

Die warnenden Blicke von Kim und Marie brachten sie zum Schweigen.

Normalerweise erzählten die drei !!! nicht jedem von ihrem Detektivclub. Schließlich wollten sie auch in Zukunft möglichst ungestört ermitteln. Außerdem war Sebastian im Raum. Er sollte davon besser nichts mitbekommen.

Achim wurde sofort hellhörig. »Ein Detektivclub, das ist ja ein Ding! Habt ihr auch einen Namen? Wie heißt ihr denn?«

»Die drei !!!«, gab Marie zögernd preis.

Achim kratzte sich am Kopf. *»Die drei !!!*? Da war doch neulich ein Artikel von euch in der Stadtzeitung. Habt ihr nicht diesen komplizierten Fall mit dem verschwundenen Popstar gelöst?«

»Ja«, antwortete Kim bescheiden. »Das waren wir.«

Achim betrachtete die Mädchen jetzt mit ganz neuem Respekt. »Cool! Und das war nicht euer erster Fall, wenn ich mich recht erinnere, oder? Ihr seid Profis. Da fällt mir ein …«, er zog die Augenbrauen zusammen, »mir ist schon zum zweiten Mal in einer Woche mein Autospiegel geklaut worden. Meinem Nachbarn in der Josefstraße ist es auch passiert. Da steckt bestimmt so eine Bande dahinter. Könntet ihr euch da mal ein bisschen umhören?«

Für neue Aufträge waren die drei !!! natürlich prinzipiell offen.

»Klar, machen wir gerne.« Franzi kramte in ihrer Tasche, holte eine Visitenkarte des Clubs heraus und gab sie Achim. Der las den aufgedruckten Text.

»Cool!«, sagte Achim noch mal. »Und vielen Dank. Ich melde mich bei euch, wenn mir noch was Verdächtiges auffällt.« Er grinste wieder amüsiert. »Dann kann mir ja jetzt in Zukunft nichts mehr passieren, wenn ich euch Profis am Start habe.«
»Achim?« Sebastian Reusner winkte seinem Freund zu. »Jetzt kannst du gern kommen.«
»Also dann, bis bald vielleicht«, verabschiedete sich Achim und drehte sich um.
Marie sah ihre Freundinnen fragend an. »Sollen wir gehen? Unser Einsatz für heute ist beendet, oder?«
Kim schüttelte den Kopf. »Nein, da fehlt noch was. Wartet kurz, bin gleich wieder da!« Sie ging zum Büchertisch, kaufte sich ein Buch von Sebastian Reusner und ließ es sich vom Autor signieren. Hochzufrieden kehrte sie zu Franzi und

Marie zurück. »*Jetzt* ist unser Einsatz beendet. Das Buch muss ich unbedingt lesen. Vielleicht finde ich darin Informationen, die uns noch nützlich sein könnten. Zwischen den Zeilen verrät ein Autor nämlich immer auch persönliche Dinge über sich!«

Don Juan

»Toll, dass wir heute einen Nachmittag zu zweit haben!« Marie hakte sich bei ihrem Vater unter und stieg mit ihm in die U-Bahn.
Helmut Grevenbroich drückte ihre Hand. »Das finde ich auch. Unser letzter Vater-Tochter-Ausflug ist schon viel zu lange her. Obwohl du dir wahrscheinlich ein schöneres Ausflugsziel vorstellen könntest.«
»Zurückbleiben bitte!«, tönte der Schaffner durch den Lautsprecher.
Sie suchten sich zwei Sitzplätze.
Marie grinste. »Wieso? Im Tiergarten und beim Einkaufsbummel waren wir schon so oft. Ein Autoverleih ist mal was anderes.«
»Da hast du allerdings recht«, sagte ihr Vater. »Und gerade bei dem Termin wollte ich dich gerne dabeihaben. Du hast so einen guten Geschmack, Prinzessin!«
»Den ich vermutlich von dir geerbt habe«, gab Marie das Kompliment zurück.
Es ging um das Brautauto, mit dem Tessa und Helmut zur Kirche fahren würden. Rabea kannte eine Firma, die sich auf Mietautos für besondere Anlässe spezialisiert hatte und eine große Auswahl verschiedenster Modelle anbot. Die Hochzeits-Planerin hatte mit dem Chef einen Termin vereinbart, und der hatte versprochen, sich extra viel Zeit für sie zu nehmen.
Marie fuhr mit ihrem Vater bis zur Endhaltestelle der U-

Bahn. Die Autoverleihfirma *Regensburger* lag an einer belebten Straße und hatte neben der verglasten Verkaufshalle einen riesigen Parkplatz.

Herr Regensburger empfing sie mit offenen Armen am Eingang. »Herzlich willkommen! Herr Grevenbroich, Marie: Danke, dass Sie den weiten Weg zu uns gemacht haben! Sie werden es nicht bereuen.« Der Chef trug einen teuren dunklen Anzug mit einer auffällig gemusterten Krawatte. Als Marie genauer hinsah, entpuppte sich das Muster als eine bunte Abfolge von Sportwagen.

»Ihre Braut ist nicht mitgekommen?«, erkundigte sich Herr Regensburger. »Wie schade! Ich hätte sie so gerne kennengelernt.«

Helmut Grevenbroich lachte. »Tessa findet, dass Autos ein fahrbarer Untersatz sind, nicht mehr und nicht weniger. Sie überlässt uns die Auswahl.«

»Sehr schön.« Der Chef des Autohauses nickte zufrieden. »Dann starten wir am besten gleich unseren Rundgang. Zuerst möchte ich Ihnen unsere Limousinen zeigen. Sie werden sehen: Das ist Luxus pur!« Er führte sie zu zwei Nobelkarossen mit getönten Scheiben. Die eine war schwarz, die andere schimmerte in einem Elfenbeinton. »Die Braut trägt Weiß, habe ich gehört. Dann wäre doch die elfenbeinfarbene Limousine perfekt, nicht wahr?« Er öffnete die Tür hinter dem Beifahrer. Edle Ledersitze kamen zum Vorschein, ebenfalls in Elfenbein, und Platz für mindestens sechs Personen.

Maries Vater wehrte ab. »Nein, das ist mir zu teuer und zu viel Prunk. Meine Frau würde sich in so einem Luxusschlitten auch nicht wohlfühlen.«

»Verstehe.« Herr Regensburger nickte verständnisvoll. »Dann ist vielleicht ein schöner Oldtimer das Richtige für Sie?« Er ging weiter zu einem rosafarbenen amerikanischen Straßenkreuzer aus den Fünfzigerjahren.

Marie war hin und weg. »Der sieht aus wie ein Himbeer-Milchshake. Papa, der ist genial, den müssen wir nehmen!«

Helmut Grevenbroich schien gewisse Zweifel zu haben. »Das stimmt schon mit dem Milchshake, aber der Cadillac ist mir, ehrlich gesagt, zu kitschig.«

»Schade«, fand Marie, wobei sie zugeben musste, dass Tessa vermutlich derselben Meinung sein würde. Schließlich hatte sie sich ja auch bewusst ein Kleid ausgesucht, das *nicht* einem Sahne-Baiser ähnelte.

Plötzlich ließ Helmut Grevenbroich völlig unvermittelt einen Schrei los.

Marie erschrak. »Was ist passiert? Hast du dir wehgetan?«

»Was??« Helmut Grevenbroich hatte gar nicht zugehört. Er umrundete den himbeerfarbenen Cadillac und verschwand mit unbekanntem Ziel.

Marie und der Chef des Autohauses folgten ihm beunruhigt. Sie fanden den Bräutigam im hintersten Teil der Ausstellungshalle. Helmut Grevenbroich stand vor einem unscheinbaren alten VW Käfer, dessen gelber Lack von deutlichen Rostspuren durchsetzt war.

Herr Regensburger entschuldigte sich verlegen: »Äh … die alte Rostlaube sollte eigentlich gar nicht mehr hier sein. Ich hatte meinem Angestellten ausdrücklich gesagt, dass der Wagen nicht in unser Programm passt und dass er ihn so schnell wie möglich zu einem anderen Händler bringen soll.«

»Bloß nicht!«, protestierte Maries Vater.

Herr Regensburger starrte ihn verdutzt an. »Aber wieso denn nicht?«

»Ja, Papa, warum nicht?«, wollte auch Marie wissen.

Helmut Grevenbroich bekam einen schwärmerischen Gesichtsausdruck. »Ich glaub's einfach nicht! Genau so ein Modell hatte ich in meiner Studentenzeit: gelb mit roten Kotflügeln.« Er lugte durch die Fensterscheibe. »Sogar die Sitze sind gleich: schwarz mit roten Streifen!«

»Äh … ja … und?«, sagte Marie. Sie konnte die Begeisterung ihres Vaters immer noch nicht nachvollziehen.

Helmut Grevenbroich strich zärtlich über die Kühlerhaube des Käfers. »Das war mein allererstes Auto, das ich mir von meinem selbst gesparten Geld gekauft habe.«

Jetzt betrachtete Marie das Auto mit anderen Augen. Natürlich war es alt und hatte seine besten Jahre längst hinter sich. Andererseits war die Farbe heute schon wieder richtig cool.

»Du hast recht«, räumte Marie ein. »Irgendwie ist er ganz süß.«

Herr Regensburger suchte nach den passenden Worten: »Ja … ein toller Wagen mit Geschichte. Da kommen schöne Erinnerungen auf, an die Jugend … äh … damit wollte ich nicht sagen, dass Sie alt sind, Herr Grevenbroich, ganz im Gegenteil …« Je mehr er sich zu entschuldigen versuchte, umso tiefer trat er in das Fettnäpfchen, dem er hatte ausweichen wollen.

Maries Vater hatte kein Problem mit seinem Alter. Lachend meinte er: »Das wird unser Brautauto! Läuft der Wagen denn? Ist er in Schuss?«

Der Chef des Autohauses versicherte: »Ich werde ihn bis zu Ihrer Hochzeit gründlich überholen lassen. Er wird laufen, darauf gebe ich Ihnen mein Wort.« Er streckte die Hand aus, Helmut Grevenbroich schlug ein, und damit war der Handel besiegelt.

Nach der aufregenden Autosuche gingen Marie und ihr Vater noch in eine Eisdiele in der Innenstadt. Marie bestellte sich einen Fruchtbecher und Helmut Grevenbroich ein Spaghetti-Eis.

Eine Weile löffelten sie genussvoll schweigend. Dann musste Marie plötzlich lachen. »Das Gesicht von diesem Herrn Regensburger hättest du sehen sollen! Seine schönsten Träume sind geplatzt, als er gemerkt hat, dass du statt einem teuren Luxus-Auto den alten Käfer nimmst.«

Maries Vater grinste verschmitzt. »Tja, ich hab schon manche Leute verblüfft, weil sie mich ganz anders eingeschätzt haben. Deine Mutter übrigens auch.«

»Ehrlich?« Marie legte ihren Eislöffel beiseite. »Das hast du mir noch gar nicht erzählt.«

Helmut Grevenbroich räusperte sich. »Das war keine Absicht. Wenn du möchtest, erzähle ich dir die Geschichte jetzt.«

Natürlich wollte Marie das. Was für eine Frage!

Herr Grevenbroich lehnte sich in seinem Stuhl zurück. Seine Augen begannen zu leuchten. »Als deine Mutter und ich uns kennengelernt haben, hatte ich gerade den Abschluss von der Schauspielschule in der Tasche und mein erstes Engagement am Theater bekommen. Ich durfte den Don Juan in Molières gleichnamigem Stück spielen. Don Juan ist ein Adliger und ein Frauenheld. Er kann keiner Frau treu sein, ihn interessiert nur die Eroberung, dann zieht er wie ein Schmetterling weiter.«

Marie lauschte gespannt. Gleich würde ihre Mutter ins Spiel kommen!

Helmut Grevenbroich erzählte weiter: »In der Probenzeit hab ich Anne getroffen, deine Mutter. Wir sind uns zufällig in einer meiner Pausen an der Supermarktkasse begegnet. Ich hab mich auf den ersten Blick in sie verliebt und ihr Komplimente gemacht. Deine Mutter hat sich gefreut. Unser erstes Date war wunderbar, wir haben geredet und geredet – doch danach hat sie sich auf einmal nicht mehr gemeldet. Ich war verzweifelt! Erst nach einer Woche hab ich den Grund erfahren: Sie dachte, dass ich auch im richtigen Leben ein Don Juan bin und nicht treu sein kann. Deshalb wollte sie sich lieber gleich von mir lösen, bevor es zu schmerzhaft für sie werden würde. Ich konnte sie erst ein halbes Jahr später vom Gegenteil überzeugen, nachdem wir uns mehrmals getroffen hatten und Freunde geworden waren.«

»Wie hast du das geschafft?«, fragte Marie. »Womit hast du sie überzeugt?«

Die Augen ihres Vaters ruhten voller Liebe auf ihr. »Ich habe deine Mutter gefragt, ob sie mich heiraten möchte und ob sie sich vorstellen könnte, mit mir ein Kind zu bekommen, am liebsten eine wunderbare Tochter, und ich wüsste auch schon einen wundervollen Namen für sie …«

»Marie?«

»Ja.«

»Danke«, flüsterte Marie, »danke, dass du mir die Geschichte erzählt hast. Die bekommt einen ganz besonderen Platz in meinem Herzen.«

Das Eis in den Bechern schmolz langsam dahin, aber weder Marie noch ihr Vater merkten es. Sie sahen sich an und waren sich nahe.

Irgendwann trat die Bedienung an ihren Tisch. »Entschuldigung, wenn ich störe, aber ich habe gleich Feierabend und muss abkassieren.«

»Ist gut.« Helmut Grevenbroich zückte seinen Geldbeutel.

Während er die Münzen abzählte, klingelte Maries Handy. Holger erschien auf dem Display.

»Sag mal, wo bleibst du denn?«, rief Holger mit leichter Panik in der Stimme. »Ich warte schon seit einer Dreiviertelstunde an der Bushaltestelle in Billershausen auf dich. Ist irgendwas passiert? Geht's dir gut?«

Es war so süß, dass Holger sich als Erstes Sorgen um sie machte. Doch jetzt kehrte Maries Erinnerung zurück. »Oje! Unsere Radtour, die hab ich leider total vergessen«, gab Marie zerknirscht zu.

Nach einer Schrecksekunde schnaufte Holger empört. »Es war doch dein Vorschlag! Wie konntest du unser Date nur vergessen? Das versteh ich nicht.«

Marie suchte nach einem Grund und fand keinen, der überzeugend gewesen wäre. »Es tut mir so leid, ich hatte wegen der Hochzeit so viel um die Ohren. Gerade war ich noch mit meinem Vater in einem Autohaus, wir haben uns ein Brautauto ausgesucht.«

»Die Hochzeit.«

Holger klang nicht mal mehr wütend, sondern einfach nur traurig. Das fand Marie fast noch schlimmer. »Bitte verzeih mir. Ich mach's wieder gut! Wir holen unser Date ganz bald nach, das verspreche ich dir.«

»Versprich lieber nichts, was du hinterher nicht halten kannst«, sagte Holger.

Tuuut! Er hatte aufgelegt, ohne sich zu verabschieden.

Marie konnte es nicht glauben. Gerade noch war sie so glücklich gewesen, und jetzt hätte sie losheulen können!

»Alles in Ordnung?«, erkundigte sich ihr Vater besorgt.

»Geht so«, antwortete Marie ausweichend. »Nur ein kleines Missverständnis zwischen Holger und mir.«

»Ich drück dir die Daumen, dass ihr es bald wieder ausräumen könnt.« Helmut Grevenbroich lächelte ihr aufmunternd zu. »Und was fangen wir jetzt mit dem restlichen Nachmittag an? Bis zum Abendessen haben wir noch ein bisschen Zeit. Hast du Lust, einen Abstecher in deine Lieblings-Boutique zu machen?«

So ein tolles Angebot konnte Marie natürlich nicht ausschlagen. Gerade als sie ihr Handy in die Jackentasche stecken wollte, machte es »Pling!«. Kim hatte eine SMS geschickt.

Hi Franzi, hi Marie!
Notfall! Bin mit meinen Eltern im Auto auf dem Weg zu Michis Zeugnisfeier. Wir sind gerade an einer Firma vorbeigefahren. Da hab ich Sebastian gesehen! Er ist um das Gebäude herumgeschlichen. Sieht ganz danach aus, dass er einbrechen oder und was klauen will. Ich kann jetzt nicht weg. Fahrt ihr hin: Leonrodstraße 4. Viel Glück!

Manchmal war das Leben als Detektivin echt hart. Marie musste ein Opfer bringen. »Ich hab leider keine Zeit, mit dir shoppen zu gehen«, sagte sie zu ihrem Vater. »Ich muss dringend was erledigen, jetzt sofort!«

Rätselhafte Übergabe

Elf Minuten und zehn Sekunden später erreichte Marie die Leonrodstraße. Zwischen Eisdiele und dem Treffpunkt mit Franzi lagen nur drei Stationen mit dem Bus. Marie lief eilig die ruhige Seitenstraße entlang, in der es neben einem Friseur und einem Bäcker hauptsächlich Wohnhäuser gab. Hausnummer 4 war ein roter Backsteinbau mit schmalen, hohen Fenstern. An der Außenmauer hing ein Messingschild mit der Aufschrift *Flying Food – Catering für Ihre Feier.*

Marie runzelte die Stirn. Den Namen kannte sie! Das war die Firma, die Rabea für das Hochzeitscatering engagiert hatte. Nach dem Standesamt sollte es zum Fototermin im Jakobipark Sekt und Häppchen geben. Tessa hatte neulich den Namen der Firma erwähnt.

Aber warum interessierte sich Sebastian für *Flying Food*? Suchend sah sich Marie um. Von Sebastian Reusner war weit und breit nichts zu sehen.

Plötzlich hörte Marie hinter sich ein gleichmäßiges Rauschen.

Franzi kam mit ihren Inlinern angedüst, umrundete einen Laternenpfahl und bremste lässig vor ihrer Freundin. »Hi! Es ging leider nicht schneller. Heute war total viel los auf den Straßen.«

»Ist nicht so schlimm«, sagte Marie. »Bisher gibt es keine Spur von ihm. Entweder ist er gleich wieder abgehauen oder inzwischen drinnen im Gebäude. Du, das ist die Cateringfirma, die unsere Hochzeits-Planerin beauftragt hat!«

Franzi nahm ihren Helm ab und wuschelte sich mit der Hand durch die Haare. »Das kann kein Zufall sein. Die Sache wird immer merkwürdiger.«
»Wir müssen da unbedingt rein«, sagte Marie entschlossen. »Meinst du, wir sollten klingeln?«
Franzi schnallte ihre Inliner ab und befestigte sie zusammen mit dem Helm außen an ihrem Rucksack. »Ja, aber nicht bei der Firma, sondern bei einer von den Wohnungen, die auch hier im Haus sind.«
»Gute Idee.« Marie entschied sich spontan für Kohlhammer. Energisch drückte sie auf den Klingelknopf. Als eine Frauenstimme »Ja, hallo?« fragte, sagte sie munter: »Ich verteile die Stadtteilzeitung. Machen Sie mir bitte die Tür auf?«
»Klar.«
Der Summer ertönte, Marie und Franzi hatten es geschafft: Sie waren im Treppenhaus. *Flying Food* hatte seine Geschäftsräume im Erdgeschoss. Die Tür war nur angelehnt. Offenbar war sie nicht richtig zugezogen worden. Von innen hörten sie halblaute Männerstimmen.
Maries Puls beschleunigte sich. »Wollen wir dann?«, flüsterte sie.
Franzi nickte und öffnete in Zeitlupe die Tür. Auf Zehenspitzen schlichen sie hinein. Der Flur war nur schwach beleuchtet. An den Wänden hingen bunte Fotos von Bananen, Orangen, Paprika, Gurken und anderen Obst- und Gemüsesorten. Es duftete nach frischem Ingwer und Curry.
Die Stimmen kamen vom Ende des Flurs. Vorsichtig pirschten sich Marie und Franzi näher heran. Der Duft wurde stärker. Wahrscheinlich hielten sich die Männer in der Küche

auf. Und wieder hatten sie Glück. Die Tür war einen Spaltbreit offen.
Marie wagte sich mutig bis zur Tür vor. Jetzt konnte sie Sebastian Reusner sehen. Der Comiczeichner stand mit einem blonden Mann zusammen, der eine Kochschürze über dem karierten Hemd trug. Im Hintergrund erkannte Marie einen großen Gasherd und jede Menge Töpfe und Pfannen, die an Haken über einer Arbeitsplatte aus Edelstahl hingen.
»Ich habe die Originale mitgebracht, so wie wir es am Telefon besprochen haben«, erzählte Sebastian gerade. »Aber ich möchte kein Risiko eingehen. Das Ganze muss absolut geheim bleiben.«
Der Koch strich sich über seinen rundlichen Bauch. »Sie gehen kein Risiko ein. Auf mich können Sie sich hundertprozentig verlassen, ich bin hier schließlich der Geschäftsführer. Also, dann zeigen Sie mal her.«
Sebastian Reusner zögerte. Dann holte er langsam einen braunen DIN-A4-Umschlag aus einer schwarzen Umhängetasche.
Der Catering-Chef nahm den Umschlag entgegen und fischte etwas heraus. Marie konnte leider nicht sehen, um was es sich handelte, weil er ihr den Rücken zudrehte. »Sie sind ja wirklich ein Profi!« Der Chef schnalzte mit der Zunge. »Ich hatte nämlich am Telefon so meine Zweifel. Das geht klar, vielen Dank.« Er verstaute den Inhalt wieder sorgfältig im Umschlag.
»Und wann ist die Übergabe?«, wollte Sebastian Reusner wissen.
Der Geschäftsführer kratzte sich am Kinn. »Zum Wunsch-

termin, wie vereinbart. Das erledigen wir, Sie müssen sich um nichts kümmern.«
Der Comiczeichner schulterte seine Umhängetasche. »Einverstanden. Also dann: Falls wir uns zufällig in der Öffentlichkeit begegnen sollten …«
»… dann haben wir uns noch nie zuvor getroffen«, beendete der Chef den Satz. »Wir sind völlig Fremde. Kein Problem.«
Sebastian Reusner nickte. »Das hoffe ich. Jetzt muss ich los. Bin schon viel zu lange hier. Tschüss!«
»Einen Moment noch!«, bat der Geschäftsführer. »Vergessen Sie nicht Ihre Jacke. Die liegt da drüben auf der …«
Marie und Franzi hatten genug gehört. Blitzschnell zogen sie sich zurück, rannten den Flur entlang zur Tür und weiter ins Treppenhaus. Als sie auf der Straße waren, sahen sie sich hektisch um.
»Wohin?«, fragte Franzi.
»Zum Bäcker«, schlug Marie vor. »Da sind wir in Sicherheit und können ihn abpassen.«
Gesagt, getan. Marie und Franzi reihten sich in die lange Schlange ein. Franzi blieb dabei in der Nähe der Tür und hielt nach Sebastian Reusner Ausschau.
Endlich kam er angelaufen, die Hände in den Taschen seiner Jacke vergraben, den Rücken gebeugt, starrte er finster auf den Gehsteig.
Marie und Franzi schossen aus der Bäckerei heraus und versperrten ihm den Weg.
»Hallo, Herr Reusner! Wir müssen mit Ihnen reden«, sagte Marie.
Der Comiczeichner zog seine buschigen Augenbrauen zu-

sammen. »Was wollt ihr denn schon wieder von mir? Ich hab keine Zeit.«
Franzi ließ sich nicht abwimmeln. »Die Zeit werden Sie sich nehmen müssen. Wir haben ein paar Fragen an Sie.«
Sebastian Reusner stöhnte. »Ach ja? Bei der Lesung hättet ihr mir jede Menge Fragen stellen können, aber da hattet ihr ja anscheinend keine Lust dazu. Was wollt ihr denn?«
»Wir wollen wissen, warum Sie immer dort sind, wo meine Stiefmutter Tessa ist, oder an Orten, wo es um die Hochzeit von ihr und meinem Vater geht.« Marie sah den Comiczeichner scharf an. »Das finden wir ziemlich merkwürdig.«
Sebastian Reusner runzelte verärgert die Stirn. »Wie bitte? Ich hab keine Ahnung, wovon du da redest.«
»Kein Problem, ich helfe Ihnen gerne auf die Sprünge«, sagte Marie ruhig. »Erst haben Sie im *Café Lomo* die ganzen Zeitungsausschnitte von Tessa und meinem Vater ausgebreitet. Dann waren Sie im Blumenladen und haben die Brautsträuße von Tessa fotografiert. Und gerade eben waren Sie bei der Catering-Firma, die für die Hochzeit von Tessa und meinem Vater zuständig ist.«
»Woher wisst ihr das denn?«, fragte Sebastian Reusner verblüfft. »Verfolgt ihr mich etwa? Was soll das Ganze? Das lasse ich mir nicht gefallen!«
Franzi ging nicht darauf ein. »Was war in dem Umschlag, den Sie dem Chef von *Flying Food* übergeben haben? Sie haben von Originalen gesprochen. Waren das Fotos, mit denen Sie den Chef erpressen wollen?«
»Ihr habt wohl zu viele Krimis angeschaut!«, sagte der Comiczeichner. »Tut mir leid, aber so einen Blödsinn höre ich

mir nicht länger an. Da hab ich wirklich Besseres zu tun.«
Er drehte sich auf dem Absatz um, drängte Marie und Franzi an den Gehsteigrand und lief einfach weiter.
»Der kann doch nicht einfach abhauen!«, rief Marie entrüstet.
»Ich fürchte, das kann er leider schon.« Franzi ballte ihre Fäuste. »Wir haben nichts gegen ihn in der Hand und nicht mal einen konkreten Verdacht. Die Sache mit dem Umschlag und der Übergabe ist noch völlig unklar. Ich hab nur ins Blaue hinein geraten, als ich die Erpressung erwähnt habe.«
Marie lehnte sich gegen die kalte Außenmauer der Bäckerei. Sie wollte nicht hören, was Franzi da gerade sagte, aber sie musste ihr recht geben. Sie tappten in diesem Fall im Dunkeln und hatten keinerlei Beweise. Nach der ersten Enttäuschung spürte Marie, wie sie wütend wurde. Dieser Zustand musste sich so schnell wie möglich ändern. Dafür würden die drei !!! sorgen!

Ächzend warf Marie in der Eingangshalle allen Ballast von sich: Jacke, Schuhe und Tasche. Dieser Nachmittag hatte es in sich gehabt. Erst die Aufregung um den VW Käfer, dann die berührende Geschichte über ihre Mutter, Holgers Ärger und das geplatzte Date und am Schluss auch noch die unbefriedigende Befragung von Sebastian Reusner. Marie hatte nur noch einen Wunsch: mit ihrer Familie gemütlich Abend zu essen und danach früh schlafen zu gehen.
In der Wohnküche war es verdächtig ruhig. Sonst wurden um diese Zeit alle Familienmitglieder von Helmut Grevenbroichs Klappern mit Töpfen und Pfannen magisch angezo-

gen. Heute empfing Marie gähnende Leere. Nanu? Wo waren denn die anderen? Hatte sie irgendetwas verpasst? Wollten sie heute auswärts essen gehen?

»Hallo, jemand zu Hause?« Marie durchquerte die Halle. Im Wohnzimmer war auch niemand. Seltsam. Marie lief hinauf in den ersten Stock, und da hörte sie laute Stimmen aus dem Arbeitszimmer ihres Vaters.

»Helmut, bitte, mach doch kein Drama draus!«, sagte Tessa.

»Natürlich rege ich mich auf!«, brauste Helmut Grevenbroich auf. »Das ist doch kein Wunder. Ich komme heim, sehe meine Post durch und finde das hier!«

Marie wurde unruhig. Tessa und ihr Vater stritten sich nicht oft. Meistens waren sie ein Herz und eine Seele und gingen selbst in den stressigsten Situationen immer liebevoll miteinander um. Was war passiert? Marie musste es herausfinden. Vorsichtig klopfte sie an die offene Tür des Arbeitszimmers und fragte: »Alles klar bei euch? Was ist denn los?«

Zwei erhitzte Köpfe fuhren herum. Maries Vater saß hinter seinem Schreibtisch, Tessa stand davor.

»Ach, du bist es, Marie. Das hier ist los!« Helmut wedelte mit einem Stück Papier in der Luft und ließ es zurück auf den Tisch fallen. Dann setzte er das Streitgespräch mit Tessa fort. »Kannst du mir mal verraten, wie diese hohe Summe bei der Rechnung zustande kommt?«

»Es ist eine Zwischenrechnung«, stellte Tessa klar.

»Umso schlimmer«, rief Helmut Grevenbroich. »Dann kommt ja hinterher noch mehr auf uns zu.«

Tessa regte sich jetzt auch auf. »Was willst du damit sagen? Dass ich zu viel Geld ausgegeben habe?«

»Nein, natürlich nicht«, ruderte Maries Vater zurück. »Ich kann mir das nur einfach nicht erklären.« Er stand auf und tigerte nervös auf und ab.

Tessa stöhnte. »Wir haben die Rechnung doch noch gar nicht richtig durchgelesen. Das sollten wir erst mal in Ruhe tun.«

»Das muss ich nicht, der Endbetrag genügt mir«, fand Helmut Grevenbroich.

Die beiden redeten weiter aufeinander ein und waren völlig mit sich beschäftigt. Marie nutzte die Gelegenheit, um unauffällig zum Schreibtisch zu gehen und einen Blick auf die Rechnung zu werfen. Sie war auf dem Geschäftspapier der Hochzeitsagentur gedruckt und stammte von Rabea.

Im Gegensatz zu ihrem Vater ging Marie jeden einzelnen Posten durch. Je länger sie las, umso größer wurden ihre Augen. Das durfte ja wohl nicht wahr sein! Die »kleinen Aufschläge«, von denen die Hochzeits-Planerin immer gesprochen hatte, waren in Wirklichkeit beachtlich groß. Es tauchten auch noch diverse zusätzliche Posten auf, zum Beispiel rätselhafte »Sonderaufwendungen« und Extrakosten für Telefon- und Internet-Recherchen. Außerdem standen in der Rechnung plötzlich ein Ausfallhonorar für den Konditor und Anfahrtskosten für Rabea. Das war nicht fair!

Marie erinnerte sich noch ganz genau an das Telefonat, das Tessa bei den Winklers mit Rabea geführt hatte. Tessa hatte damals doch die Lautsprecherfunktion aktiviert. Bei diesem Gespräch hatte Rabea von sich aus versichert, es würden keine weiteren Kosten entstehen. Von wegen!

Marie legte die Rechnung auf den Schreibtisch zurück. In

ihrem Detektivgehirn liefen die Drähte heiß. Was hatte das zu bedeuten? Hatte Rabea absichtlich die Preise in die Höhe getrieben?
Marie überlegte, ob sie Tessa und ihren Vater auf ihre Entdeckung und die Details der Rechnung hinweisen sollte. Sie entschied sich dagegen. Es war noch zu früh. Noch würde es schwer sein, Rabea nachzuweisen, dass sie mit voller Absicht falsche Bedingungen genannt und einen Betrug begangen hatte. Die drei !!! müssten erst noch Beweise sammeln und sie am besten auf frischer Tat ertappen.
Schnell holte Marie ihr Handy heraus und fotografierte die Rechnung, auf der Rabea schwungvoll mit Vor- und Nachnamen unterschrieben hatte. Zur Sicherheit machte sie gleich zwei Fotos, und dabei zuckte ein Gedanke durch ihren Kopf, den sie nicht richtig greifen konnte. Irgendetwas irritierte sie an der Rechnung. Oder hatte es mit was anderem zu tun? Marie kam nicht darauf.
Inzwischen hatten Tessa und Helmut Grevenbroich sich wieder etwas beruhigt.
»Lass uns ein andermal darüber reden«, lenkte Maries Vaters ein.
»Gute Idee.« Tessa sah auf ihre Armbanduhr. »Es ist schon sieben Uhr, höchste Zeit fürs Abendessen.«
Helmut Grevenbroich zuckte zusammen. »Was, schon sieben? Ich hab heute noch eine Besprechung in der Filmstadt wegen der neuen Folge der *Vorstadtwache*. Der Regisseur konnte nicht früher, weil er mit einer anderen Produktion einen Außendreh hatte. Tut mir leid, heute kann ich nicht kochen.«

»Schade«, sagte Tessa. »Pass auf dich auf. Fahr nicht so schnell mit dem Auto!«
»Mach ich, Schatz«, versprach Helmut Grevenbroich und gab seiner Braut einen schnellen Kuss auf die Wange.
Marie atmete erleichtert auf. Die schlechte Stimmung war gebannt!

Schock in der Kirche

»Seht nur, die beiden Enten da drüben!«, rief Kim.
Die drei !!! standen im Jakobipark vor dem Teich und beobachteten ein Entenpärchen, das dicht nebeneinander langsam durchs Wasser glitt. Das Männchen steckte immer wieder liebevoll seinen Schnabel unter das Gefieder des Weibchens. Das Weibchen hielt ganz still und schien die Zweisamkeit zu genießen.
Franzi grinste. »Ich glaube, die sind schwer verliebt!«
»Genau wie Tessa und mein Vater.« Marie musste an den Streit gestern denken. Auch wenn ihre Stiefmutter und ihr Vater unterschiedlicher Meinung gewesen waren, beim Abschied hatte Marie deutlich gespürt, wie lieb sie sich hatten.
Die Glocken der Jakobikirche schlugen viermal zur vollen Stunde und dann dreimal. Ein kühler Wind wirbelte ein paar Blätter vom letzten Herbst auf. Am Himmel türmten sich dunkle Wolkenberge.
Kim zog fröstelnd den Reißverschluss ihrer Jacke hoch. »Lasst uns reingehen! Die Probe fängt gleich an, oder?«
»Stimmt«, sagte Marie.
Rabea hatte das Brautpaar und die Blumenmädchen am Donnerstagnachmittag zur Jakobikirche bestellt, um den Ablauf der Trauung zu proben. Am Hochzeitstag, wenn alle aufgeregt waren, sollte alles reibungslos klappen.
Marie spürte ein leichtes Kribbeln im Magen, und das hatte nichts mit der Probe zu tun. Wegen des Ablaufs machte sie sich keine Sorgen, aber gleich würde sie Rabea treffen. Ab

heute würde sie die Hochzeits-Planerin genauer beobachten. Kim und Franzi wussten Bescheid. Die Detektivinnen hatten vereinbart, besonders wachsam zu sein. Vielleicht machte Rabea ja unbewusst eine verdächtige Bemerkung oder verhielt sich irgendwie merkwürdig.

Gemeinsam gingen sie über die Kieswege zur Kirche hinüber und traten in den kühlen Innenraum, der von Kerzen in den Seitenaltären stimmungsvoll beleuchtet wurde. Tessa, Helmut, Rabea und Lina waren bereits da. Tessa und Lina standen in der Mitte des Kirchenschiffs und bewunderten die reich verzierte Barockorgel.

Maries Vater sprach mit Rabea. Die Hochzeits-Planerin trug heute ein elegantes brombeerfarbenes Kostüm und einen langen Blazer mit aufgesetzten Taschen.

Helmut Grevenbroich zog sie ein wenig zur Seite und fragte halblaut: »Gestern haben wir deine Rechnung bekommen. Die ist wirklich ganz schön gesalzen. Sag mal, könnten wir noch mal darüber reden? Wir hatten einige Sachen anders vereinbart. Manches können wir uns auch gar nicht erklären.«

Die Hochzeits-Planerin setzte ihr professionelles Lächeln auf. »Natürlich können wir gerne über alles reden, jederzeit. Ich bin da ganz offen für eure Wünsche und Vorschläge. Nur bitte nicht heute! Jetzt ist die Probe, und danach muss ich leider sofort weiter zu zwei anderen Terminen.«

»Kein Problem.« Helmut Grevenbroich schien über die Reaktion von Rabea erleichtert zu sein. Damit war das unangenehme Thema Rechnung für ihn erst mal vertagt.

Rabea klatschte betont munter in die Hände. »Kommt bitte

alle nach vorne in die erste Reihe«, forderte sie die Anwesenden auf. »Wir setzen uns kurz hin und ich erkläre, was wir heute vorhaben.«
Tessa reichte ihrem zukünftigen Mann die Hand. »Darf ich bitten?«
Maries Vater zwinkerte ihr zu. »Sehr gerne, mein Schatz!« Er griff nach einer Papiertüte, die er im Mittelgang abgestellt hatte. »Ich hab übrigens extra meine neuen schwarzen Lackschuhe mitgebracht. Die sind ein bisschen eng, dann kann ich sie gleich einlaufen.«
»Du denkst aber auch an alles«, sagte Tessa lachend.
Ansonsten trugen alle ihre Alltagskleidung. Die Schneiderin arbeitete auf Hochtouren, damit die Blumenkleider rechtzeitig fertig wurden. Auch am Brautkleid gab es noch ein paar kleine Änderungen.
Als sich alle versammelt hatten, erklärte Rabea, wie die Trauung im Einzelnen ablaufen würde: »Die Hochzeitsgäste dürfen sich vor dem Beginn gerne schon in die Kirche setzen. Beim Orgelvorspiel kommt dann der feierliche Einzug des Brautpaars. Tessa, Helmut, ihr habt euch ja dafür entschieden, gemeinsam die Kirche zu betreten. Das finde ich sehr romantisch. Hinter Tessa und Helmut gehen Marie und Lina. Sie dürfen mit einer Hand die Schleppe tragen und mit der anderen ihr Blumenkörbchen halten. Kim und Franzi, ihr folgt den beiden mit zwei Schritten Abstand. Auch ihr habt eure Körbchen in der Hand und …«
Marie ertappte sich dabei, dass die Worte der Hochzeits-Planerin mehr oder weniger an ihr vorbeirauschten. Sie konzentrierte sich vor allem darauf, Rabeas Körpersprache zu

beobachten – was gar nicht so leicht war, weil ihr Vater in der Zwischenzeit seine Lackschuhe anzog und dabei leise vor sich hin stöhnte.

»Autsch, die sind aber wirklich eng!«, schimpfte er.

Aber auch die anderen waren nicht hundertprozentig bei der Sache. Lina kicherte immer wieder grundlos, Tessa rutschte unruhig auf der Bank hin und her, und Kim und Franzi waren auch abgelenkt.

»Ist dann so weit alles klar?«, fragte Rabea. »Ist eigentlich ganz einfach, nicht wahr? Dann wollen wir gleich mal den Einzug in die Kirche üben, bis zu dem Zeitpunkt, wenn das Brautpaar vor den Altar tritt.«

Helmut Grevenbroich stand auf und verzog das Gesicht.

»Ist es so schlimm?«, fragte Tessa besorgt.

Er schüttelte den Kopf. »Nein, nein, geht schon. Aber wie war das noch gleich? Wo müssen wir jetzt hin?«

Wie sich bald herausstellte, war der Einzug eben nicht »ganz einfach«. Rabea verteilte nämlich zum Üben kleine Plastikkörbchen an die Blumenmädchen und befestigte mit einer Sicherheitsnadel einen Tüll-Schleier an Tessas Jeans. Das Teil bauschte sich derartig, dass Kim sich darin verhedderte und beim Versuch, sich wieder aus dem Zugriff des Stoffs zu befreien, Marie anrempelte. Die ließ daraufhin ihr Blumenkörbchen fallen. Tessa fand die Situation so komisch, dass sie einen Lachanfall bekam und viel zu schnell zum Altar lief. Helmut Grevenbroich humpelte mit seinen engen Lackschuhen einen halben Meter hinter seiner Braut her.

»Stopp, stopp!«, rief Rabea. »Das soll doch kein Sprint-Wettkampf werden. Noch mal von vorne bitte.«

Tessa hatte vor Lachen Seitenstechen bekommen und musste sich kurz in eine Bank setzen. Rabeas Handy klingelte schon wieder. Die Hochzeits-Planerin ging ran und hatte offenbar etwas wahnsinnig Wichtiges mit ihrer Chefin abzuklären.
Mitten in diesem ganzen Durcheinander ging plötzlich die Tür auf und ein Mann kam herein: Sebastian Reusner!
Weder Tessa noch Helmut noch Rabea bemerkten ihn. Die drei !!! konnten es nicht glauben. Was machte der Comiczeichner schon wieder hier? Woher wusste er überhaupt von der Probe?
Ungläubig beobachteten die Detektivinnen, wie Sebastian Reusner seine Kamera zückte und Fotos vom Brautpaar schoss. Genauso schnell, wie er gekommen war, verschwand er auch wieder.
»Soll ich ihm nachlaufen?«, fragte Franzi leise.
Kim schüttelte den Kopf. »Nein, das geht nicht. Du kannst die Probe nicht einfach sausen lassen.«
Auch Marie hätte Sebastian Reusner gerne beschattet, aber sie konnte nicht an zwei Orten gleichzeitig sein. Wichtig war es jetzt, Rabea nicht aus den Augen zu lassen. Die Hochzeits-Planerin drängte darauf, den Einzug ein zweites Mal zu üben. Diesmal klappte es halbwegs. Niemand stolperte über den Schleier, niemand ließ ein Blumenkörbchen fallen. Nur das Tempo war immer noch etwas zu schnell.
Die letzten Schritte zum Altar durften Tessa und Helmut alleine machen. Kim, Franzi, Marie und Lina setzten sich in die erste Reihe und sahen zu.
Vier Stufen, die mit einem Teppich ausgelegt waren, führten zu den roten Samtstühlen, auf denen das Brautpaar während

der Trauung Platz nehmen würde. Helmut und Tessa schritten feierlich die Stufen empor. Sie waren schon fast oben, da passierte es.

Plötzlich hörte Marie ihren Vater laut schreien: »Aaah! Was ist … das …?«

Auf einmal sah Marie alles in Zeitlupe: den rechten Fuß ihres Vaters, der auf dem Läufer ausrutschte. Das merkwürdige Glänzen eines länglichen Gegenstands, den Marie nicht erkennen konnte. Helmut Grevenbroichs Oberkörper, der noch versuchte, das Gleichgewicht zu halten, was ihm nicht gelang. Das langsame Schwanken, die Schräglage und schließlich den Sturz, nur halb abgefangen von den Händen. Begleitet wurde das Ganze von einem hässlichen Geräusch, das sich anhörte, als würde Metall aufeinanderschlagen.

Was war das? Maries Herz raste. Was war bloß mit ihrem Vater passiert?

»Papa!«, rief Marie und rannte zu ihm hin.

Gleichzeitig liefen auch Rabea, Lina, Franzi und Kim los.

Tessa kniete bereits vor Helmut Grevenbroich und nahm behutsam seinen Kopf in ihre Hände. »Helmut, hast du dich verletzt? Wie geht es dir?«

»Ganz … okay«, brachte Maries Vater mühsam hervor. Er versuchte sich ein wenig aufzurichten. »Ich glaube, es ist nichts gebrochen.« Er berührte seinen rechten Fuß. »Aaaah! Tut das weh!«

»Wo?«, fragte Marie. »Ist es dein Knöchel?«

Helmut Grevenbroich nickte. »Ja … ich glaube schon. Da war irgendetwas auf den Stufen. Ich hab es nur aus den Augenwinkeln gesehen …«

»Darum kümmern wir uns später«, sagte Rabea. »Darf ich mal? Ich hab vor Kurzem einen Erste-Hilfe-Kurs gemacht.«
Die Hochzeits-Planerin zog Maries Vater den rechten Lackschuh aus und tastete behutsam seinen Knöchel ab. »Du hast Glück gehabt! Es ist nichts gebrochen, aber der Knöchel ist rot und schwillt schon an. Du solltest sofort zum Arzt. Wahrscheinlich ist es eine Verstauchung.«
»Ausgerechnet jetzt, so kurz vor der Hochzeit!«, stöhnte Maries Vater. »Was für ein tolles Timing!«
»Mach dir deswegen keinen Kopf«, beruhigte Tessa ihn.
Marie fiel ein Riesenstein vom Herzen. Der Sturz hatte so dramatisch ausgesehen! Sie war so froh, dass ihr Vater Glück im Unglück hatte.
Tessa, Rabea und Lina halfen Helmut Grevenbroich auf die Beine und stützten ihn zu dritt. Humpelnd schaffte er es zur vordersten Bank, auf der er sich schnaufend niederließ.
»Den zweiten Schuh ziehst du am besten auch gleich aus«, schlug Tessa vor. »Vielleicht bist du ja wegen deiner engen Schuhe gestolpert. Mach es dir bequem, ich schau mal, ob ich irgendwo eine Wolldecke auftreiben kann.«
»Das kann ich machen!«, bot Lina an.
Marie wusste ihren Vater gut versorgt. Jetzt konnte sie mit Kim und Franzi den seltsam glänzenden länglichen Gegenstand auf dem Läufer genauer unter die Lupe nehmen. Die drei !!! gingen zu den Altarstufen. Am Ende jeder Stufe gab es einen dünnen Metallstab, der den Läufer an seinem Platz hielt und verhinderte, dass der Stoff verrutschte oder Falten warf. Die Metallstäbe waren ordentlich festgeschraubt – bis auf den Stab der letzten Stufe! Der hatte sich gelöst und lag

schräg versetzt auf dem Teil der Treppe, den Helmut Grevenbroich hinaufgegangen war.
»Dein Vater ist nicht wegen seiner engen Lackschuhe gestolpert«, kombinierte Kim. »Der lose Metallstab hier war schuld!«
Rabea hatte Kims Worte mitbekommen und kam herüber. »Das darf wohl nicht wahr sein!«, rief sie aufgebracht. »Das ist ja total gefährlich.« Sie schüttelte ungläubig den Kopf. »Es tut mir so leid. Das hätte ich sehen müssen. Ich war vor euch in der Kirche und hab einen kleinen Rundgang gemacht, um zu kontrollieren, ob alles in Ordnung ist. Der lose Metallstab ist mir aber nicht aufgefallen. Wahrscheinlich, weil es hier drinnen so dunkel ist.«
»Es bringt nichts, hinterher zu grübeln, wie so was passieren konnte«, meinte Helmut Grevenbroich pragmatisch. »Es ist eben geschehen, da kann man nichts machen.«
Tessa nickte. »Ja, du hast einfach Pech gehabt!«
Tessa und ihr Vater mochten recht haben. Trotzdem hatte Marie ein komisches Gefühl bei der Sache mit der Metallstange, ohne dass sie es richtig benennen konnte.
»Zu lieb von euch, dass ihr mich in Schutz nehmt!«, sagte Rabea. »Ich rufe jetzt ein Taxi, und das geht selbstverständlich auf meine Kosten. Hast du einen guten Hausarzt, Helmut, oder möchtest du lieber ins Krankenhaus?«
»Nein, das ist nicht nötig«, entschied Maries Vater. »Zu meinem Hausarzt habe ich absolutes Vertrauen. Er hat auch donnerstags immer bis abends Sprechstunde, und seine Praxis ist gar nicht weit von hier.«
»Hört sich perfekt an.« Die Hochzeits-Planerin telefonierte

mit dem Taxi-Unternehmen. »Hallo! Hier spricht Rabea Leinisch. Wir brauchen sofort ein Taxi für einen Krankentransport. Zum Haupteingang der Jakobikirche bitte.« Sie hielt das Handy ein Stück weg vom Ohr. »Für wie viele Personen?«

Tessa überlegte. »Lina und ich kommen auf jeden Fall mit. Marie, könntest du in der Zwischenzeit zu Finn und Natascha nach Hause fahren?«

»Klar«, sagte Marie. Das passte ihr sogar sehr gut. Dann konnte sie noch mit Kim und Franzi ein bisschen in der Kirche bleiben und sich den Läufer noch mal ansehen.

»Ein Auto für drei Personen bitte«, gab Rabea an das Taxiunternehmen weiter. »Vielen Dank.«

Zum Taxi gingen Kim, Franzi und Marie noch kurz mit. Rabea ließ es sich nicht nehmen, Helmut Grevenbroich so zu stützen, dass er bequem ins Auto einsteigen konnte. Dann kramte sie in ihrer Handtasche nach dem Taxigeld. Sie beugte sich nach vorne, um den Inhalt ihres Geldbeutels zu prüfen. Dabei rutschte etwas aus einer Tasche ihres Blazers. Klimpernd landete der Gegenstand auf dem Gehsteig. In der allgemeinen Aufregung beim Aufbruch bekam es niemand mit – bis auf die drei !!!, die Rabea die ganze Zeit scharf beobachtet hatten.

»Tschüss, bis später!«, rief Helmut Grevenbroich durchs heruntergelassene Beifahrerfenster. »Und lasst mir noch was von dem guten Käse übrig, den ich gestern eingekauft habe.«

»Machen wir«, versprach Marie.

Wie beruhigend, dass ihr Vater schon wieder ans Essen dachte! Dann ging es ihm besser.

Die drei !!! winkten, das Taxi brauste davon und verschwand hinter der Kirchenmauer. Marie bückte sich und suchte den Gehsteig ab. »Was haben wir denn da?«, rief sie triumphierend und hob ein kleines Werkzeug auf.
»Ein Schraubendreher«, sagte Franzi verblüfft. »So was trägt man normalerweise nicht im Blazer mit sich herum.«
Kim inspizierte ebenfalls den Gehsteig. »Hier ist noch etwas: eine kleine Schraube!«
»Sehr verdächtig«, fand Marie. »Kommt, lasst uns gleich nachschauen, ob die Schraube beim Treppenabsatz vom Läufer passt.«
Die Detektivinnen kehrten zum Tatort zurück. Franzi tastete mit den Händen die Stelle ab, an der die lose Metallstange befestigt gewesen war. Kim assistierte ihr mit der Lupe.
»Und, kannst du was fühlen?«, fragte Marie gespannt.
»Ja! Da fehlt ein Stück Stoff. Das hat jemand herausgerissen. Mist! Jetzt können wir nicht überprüfen, ob die Schraube reinpasst.«
»Aber wir können die Schraube mit den anderen vergleichen«, fiel Kim ein.
Das Ergebnis war eindeutig: Das Fundstück vom Gehsteig war genauso groß wie die anderen Schrauben, welche die Metallstäbe an ihrem Platz hielten. Und der Schraubendreher hatte auch genau die richtige Größe.
Franzi stand auf und klopfte sich den Staub von der Jeans. »Das ist der Beweis! Rabea hat die Stange absichtlich entfernt.«
»Aber warum wollte sie, dass jemand darüber stolpert?«, überlegte Marie.

»Nicht irgendjemand«, verbesserte Kim. »Sie hatte es auf deinen Vater abgesehen! Erinnert ihr euch, wie genau sie ihm vorgeschrieben hat, an welcher Stelle er die Treppenstufen zum Altar betreten soll?«

Marie nickte düster. »Ja. Ich hab mich schon gewundert, weil ich dachte, jetzt übertreibt sie es aber wirklich mit ihren Anweisungen. Wie gemein von Rabea! Wieso hat sie das bloß gemacht? Oder steckt die Agentur dahinter? Das ergibt alles noch keinen Sinn.«

»Für mich auch noch nicht.« Franzi verstaute den Schraubendreher und die Schraube sorgfältig in einem Plastiktütchen. Die Indizien würden sie später bestimmt noch brauchen.

Kim starrte auf den mit Blumen geschmückten Altar. »Vielleicht hat sie noch ein anderes Motiv, das mit deinem Vater zu tun hat?«

»Gut möglich«, sagte Marie. »Aber heute ist sie eindeutig zu weit gegangen. Wir müssen sie stoppen, bevor sie noch mehr Unheil anrichtet. Das geht vor. Um Sebastian Reusner kümmern wir uns später.«

Kim und Franzi waren derselben Meinung.

»Am besten stellen wir Rabea gleich morgen oder spätestens übermorgen zur Rede«, schlug Kim vor. »Vorausgesetzt natürlich, dass es deinem Vater wieder besser geht. Vorher sollten wir uns zu einer Clubsitzung im *Lomo* treffen und uns beraten, wie wir Rabea eine Falle stellen und sie überführen können.«

»Clubsitzung geht klar«, sagte Franzi. »Morgen, am Freitag, nach der Schule? Prima! Und wo stellen wir ihr dann eine Falle?«

Maries Augen blitzten herausfordernd. »In ihrer Agentur. Wir wagen uns mitten hinein in die Höhle des Löwen!«

Eine Stunde später saß Marie in der Wohnküche der alten Villa und spielte nervös auf ihrem Handy herum. Natascha bereitete das Abendessen vor. Finn machte jede Menge Quatsch dabei.
Marie beneidete ihren kleinen Stiefbruder. Er war so unbeschwert, während sie selbst immer unruhiger wurde, je länger ihr Vater, Tessa und Lina wegblieben. Hatte er sich doch eine größere Verletzung am Knöchel zugezogen? Musste er damit ins Krankenhaus? Aber dann hätte Tessa bestimmt angerufen. Trotzdem machte sich Marie Sorgen.
Um sich abzulenken, checkte sie ihre E-Mails. Holger hatte sich seit gestern auch nicht mehr gemeldet. Sonst schickte er ihr täglich mindestens zwei SMS oder eine Mail. Er war bestimmt immer noch sauer auf sie – und Marie konnte es ihm nicht mal verübeln.
Schnell tippte sie eine kurze Nachricht an ihn ins Handy.

Hallo Holger,
wollte mich noch mal entschuldigen.
Es tut mir wirklich sehr leid.
Wann hättest du Zeit, dass wir unsere
Mountain-Bike-Tour nachholen?
Hdgdl,
Marie

Mit klopfendem Herzen schickte Marie die SMS ab. Holger hatte am Donnerstagabend immer Fußballtraining. Er würde ihr also vermutlich erst später antworten.
Marie suchte nach einer neuen Ablenkung. Sie legte auf ihrem Handy einen neuen Fotoordner an. Unter dem Stichwort »R. und S.« sortierte sie alle Aufnahmen, die sie bisher im rätselhaften Doppelfall Rabea Leinisch und Sebastian Reusner gemacht hatte.
Noch einmal las sie kopfschüttelnd den Liebesbrief von Sebastian. Wie naiv war der Comiczeichner eigentlich? Dachte er wirklich, er könnte Tessa so kurz vor der Hochzeit dazu bringen, ihr ganzes Leben auf den Kopf zu stellen und sich stattdessen für ihn zu entscheiden? Vielleicht glaubte er das tatsächlich. Im Laufe ihrer Arbeit als Detektivin hatte Marie schon einige haarsträubende Geschichten mitbekommen.
Marie scrollte weiter nach unten und stieß auf die überteuerte Rechnung der Hochzeits-Planerin. Die schwungvolle, ausladende Unterschrift passte zu Rabeas extrovertierter Art. Plötzlich stutzte Marie. Moment mal! Die Schrift kam ihr irgendwie bekannt vor.
Marie sah sich den Liebesbrief erneut an und verglich die Schriften miteinander. Beide Dokumente stammten von ein und derselben Person!
Jetzt wurde der verschwommene Gedanke von gestern, als sie Rabeas Rechnung zum ersten Mal gesehen hatte und bei der Unterschrift hängen geblieben war, ganz klar. Sebastian Reusner hatte den Liebesbrief nicht geschrieben. Die Hochzeits-Planerin hatte ihn gefälscht!
Geschockt legte Marie ihr Handy auf den Esstisch. Rabea

war nicht nur eine Betrügerin, die ein glückliches Brautpaar abzocken wollte. Die Hochzeits-Planerin verfolgte einen größeren Plan. Aber welchen? Und was war ihr Motiv?
Die ungeklärten Fragen zermürbten Marie. Sie wollte die volle Wahrheit wissen – jetzt! Bis morgen dauerte es noch so lange!
Geräusche an der Haustür rissen Marie aus ihren Gedanken. Ein Schlüssel wurde im Schloss herumgedreht. Dann ertönte die fröhliche Stimme ihres Vaters: »Endlich wieder zu Hause! Ich hab so Hunger, ich könnte ein ganzes Wildschwein verdrücken!«
»Papa, Papa!«, krähte Finn laut und lief auf seinen kurzen Beinchen hinaus in die Eingangshalle.
Marie und Natascha folgten ihm aufgeregt.
Helmut Grevenbroich hatte einen weißen Verband um seinen rechten Knöchel. Tapfer humpelte er auf Finn, Marie und Natascha zu. Dabei strahlte er über das ganze Gesicht.
»Gute Nachrichten! Mein Knöchel ist nur leicht verstaucht. Bis zur Hochzeit wird die Schwellung komplett zurückgegangen sein.«
»Das ist ja toll!«, freute sich Marie. Lachend fiel sie ihrem Vater um den Hals, während Finn wie ein Flummi auf und ab hüpfte.

Träume werden wahr

»Wie dreist ist das denn, einen Liebesbrief zu fälschen?« Kim stellte ihren Becher so energisch ab, dass der *Kakao Spezial* über den Rand schwappte.

»Tja, manche Leute schrecken vor nichts zurück.« Franzi reichte Kim ihre Serviette, damit sie die Flecken auf dem Couchtisch aufwischen konnte.

Marie musste grinsen. »Besonders schlau ist Rabea aber nicht vorgegangen. Sie hätte sich das Notizbuch von Sebastian klauen und die Schrift nachmachen müssen. Dann wären wir ihr nicht so schnell auf die Schliche gekommen.«

»Das war ihr wahrscheinlich zu aufwendig«, vermutete Kim. »Schlecht für sie, gut für uns. Jetzt haben wir nämlich nicht nur den Schraubendreher und die Schraube als Beweisstücke, sondern auch noch die beiden Fotos mit Rabeas Schrift.« Kim nahm sich einen Mini-Gugelhupf von der Kuchenplatte und kaute konzentriert. »Also, wie könnte unser Plan aussehen?«

»Zuerst mal platzen wir ohne Vorankündigung in ihr Büro«, sagte Marie. »Wenn sie gerade nicht da ist, nehmen wir uns ihren Schreibtisch vor. Da finden wir vielleicht noch andere interessante Dinge.«

»Gute Idee.« Franzi nickte eifrig. »Und wenn sie doch da sein sollte, konfrontieren wir sie sofort mit ihren Taten. Das wird sie so aus der Fassung bringen, dass ihr vielleicht aus Versehen die Wahrheit herausrutscht, oder sie legt sogar freiwillig ein Geständnis ab.«

»Träumt weiter!«, sagte Kim trocken. »Darauf dürfen wir nicht hoffen. Ich finde, wir brauchen unbedingt einen Plan B. Der könnte zum Beispiel so aussehen ...« Sie holte tief Luft. Marie und Franzi blickten sie erwartungsvoll an, aber es kam nichts. Kim saß einfach nur mit offenem Mund da.
Erst nach ein paar Sekunden entdeckte Marie den Grund. Kim starrte zur Tür des *Café Lomo.* Dort spazierte niemand anderes als Sebastian Reusner höchstpersönlich herein! Er sah die drei !!! nicht, die wie immer in ihrer Sitzecke im hinteren Teil des Cafés saßen.
Der Comiczeichner setzte sich an einen Tisch am Fenster und bestellte sich einen Cappuccino. Danach breitete er einen Stapel Fotos auf dem Tisch aus und begann eifrig zu zeichnen.
»Okay«, sagte Marie. »Wenn er schon hier reinschneit, müssen wir ihn auch ansprechen. Ich will jetzt endlich wissen, was er für ein Geheimnis hat und was er in der Catering-Firma wollte.«
Kim und Franzi nickten sich kurz zu. Dann sagte Franzi unternehmungslustig: »Also gut, nichts wie los!«
Die Detektivinnen standen auf und gingen zum Tisch von Sebastian Reusner. Der war so vertieft in seine Arbeit, dass er sie immer noch nicht bemerkte. Es war keine große Überraschung, was Marie auf den Fotos entdeckte: den Blumenladen, den Brautstrauß aus mehreren Perspektiven, Tessa auf der Straße von hinten fotografiert und Innenaufnahmen aus der Jakobikirche.
Neugierig warf Marie jetzt einen Blick auf die Comic-Doppelseite, an der Sebastian Reusner gerade mit schwarzer Tu-

sche zeichnete. Eine Frau kam auf fast jedem Bild vor. Die Frau sah haargenau aus wie Tessa! Auch auf dem Cover des Comic-Heftes, das neben der Cappuccino-Tasse lag, war sie abgebildet.
Fassungslos las Marie den Titel des Comics. Er bestand aus zwei Teilen. Der erste Teil lautete: »Wie Tessa ihre große Liebe Helmut fand«. Darunter stand: »Alles Gute zur Hochzeit!«
Was sollte das denn jetzt bedeuten? Die Wahrheit schien so nah zu sein, aber Marie konnte sie noch nicht greifen.
Sebastian Reusner hob den Kopf und lächelte gequält. »Ihr schon wieder! Hab ich mich beim Reingehen also doch nicht getäuscht, dass ihr hier seid.«
Auf einmal fiel es Marie wie Schuppen von den Augen: Deshalb hatte Sebastian Reusner die vielen Zeitungsartikel gesammelt, deshalb war er an allen möglichen Orten aufgetaucht, die mit der Hochzeit von Tessa und Helmut zu tun hatten! All das diente als Recherche für sein Comic-Heft! Einen Comic, den er dem Brautpaar zur Hochzeit schenken wollte!
In dem Moment, als Marie die Wahrheit aufgedeckt hatte, sagte Sebastian Reusner: »Glückwunsch! Jetzt habt ihr herausgefunden, woran ich arbeite. Dabei hab ich alles dafür getan, um mein Hochzeitsgeschenk vor den anderen Gästen geheim zu halten!«
»Weil Sie Angst hatten, dass ich es zu Hause erzählen würde?«, wollte Marie wissen.
»Ganz genau.« Sebastian Reusner sah Kim, Franzi und Marie prüfend an. »Ich hab selber eine Nichte in eurem Alter

und weiß, dass Mädchen grundsätzlich keine Geheimnisse für sich behalten können. Sie müssen sie sofort der besten Freundin anvertrauen, und die gibt sie wiederum an ihre zweitbeste Freundin weiter und so fort.«

Kim musterte den Comiczeichner kühl. »Ach, ist das wirklich so? Also wir sind Detektivinnen und geben grundsätzlich keine Details unserer Ermittlungen preis. Wir haben übrigens schon über 50 Fälle gelöst.«

»Oh!« Sebastian Reusner war platt. Damit hatte er nicht gerechnet. »Entschuldigt bitte! Vergesst den Blödsinn, den ich gerade gesagt habe. War nicht so gemeint. Manchmal bin ich ein bisschen unfreundlich.« Er wirkte ehrlich zerknirscht.

»Entschuldigung angenommen«, sagte Franzi. »Der Comic gefällt mir übrigens richtig gut. Der Stil ist cool.«

»Danke.« Sebastian Reusner verpasste Tessa auf dem letzten Bild der Doppelseite ein verschmitztes Lächeln.

»Wie sind Sie eigentlich auf die Idee gekommen, Tessa und Helmut ein Comic-Heft zu schenken?«, fragte Kim.

Sebastian Reusner erzählte bereitwillig die Hintergründe: »Es war gar nicht meine Idee, obwohl oder vielleicht gerade weil es mein Beruf ist, Comics zu zeichnen. Studienfreunde von Tessa haben eine Ausstellung von mir gesehen. Sie haben mir gemailt und gemeint, das wäre doch super, wenn ich so was mache. Alle Freunde steuern Ideen dazu bei.«

Marie musste eine Frage loswerden, die ihr schon die ganze Zeit auf der Zunge lag. »Waren Sie nun im Studium in Tessa verliebt oder nicht?«

Sebastian Reusner zog seine buschigen Augenbrauen zusammen. »Neugierig bist du gar nicht, wie? Na schön, weil ihr mir sonst keine Ruhe lasst, verrate ich euch auch das noch: Ja, ich war in Tessa verknallt, aber das waren ganz viele Mitstudenten damals. Und sie hat mir leider einen Korb gegeben. Wir haben uns danach noch ab und zu auf Studentenpartys gesehen und zusammen getanzt. Aber falls es euch beruhigt: Ich bin seit 15 Jahren glücklich verheiratet.« Stolz hob er seine rechte Hand, an der ein goldener Ehering glänzte.

Marie ärgerte sich ein bisschen über sich selbst. Der Ehering war ihr bisher gar nicht aufgefallen! In Zukunft musste sie sich Details bei verdächtigen Personen noch gründlicher einprägen.

Sebastian Reusner trank seinen Cappuccino, der längst kalt geworden war. »Und, seid ihr jetzt zufrieden? Hab ich alle eure Fragen beantwortet?«

»Fast«, sagte Franzi. »Wir würden gerne noch wissen, was Sie in der Catering-Firma gemacht haben.«

Sebastian Reusner lachte. »Dort hab ich mich um das zweite Hochzeitsgeschenk gekümmert. Aber was es ist, das verrate ich euch nicht. *Ein* kleines Geheimnis muss ich schließlich für mich behalten!«

Maries Digitalanzeige auf der Armbanduhr zeigte *Samstag 09:52* an, als sie vor der Hochzeitsagentur *Träume werden wahr* eintraf. So viel zu Kims und Franzis Sticheleien, die sie sich öfter anhören musste, dass sie nicht pünktlich sein konnte!

Marie nutzte den Vorsprung, um schnell noch einmal Holgers SMS zu lesen, die er ihr gestern Abend geschickt hatte.

Hallo Marie,
danke für deine SMS.
Ich melde mich bald.
Eilige Grüße,
Holger

Marie wurde nicht richtig schlau aus Holgers Nachricht. Hatte er es tatsächlich eilig und schrieb deshalb nur so kurz angebunden? Oder war er doch noch sauer auf sie? Marie konnte es nicht sagen.

Sie überlegte gerade, ob sie Holger zurückschreiben sollte, als Kim und Franzi auf ihren Fahrrädern um die Ecke bogen.

»Na, seid ihr auch schon da?« Marie konnte sich die Frage nicht verkneifen.

Franzi nahm ihren Fahrradhelm ab. »Wieso schon? Es ist Punkt zehn Uhr, wie wir es vereinbart hatten.« Ihre Stimme klang leicht gereizt.

»Bitte streitet euch nicht«, vermittelte Kim. »Spart euch die Energie lieber für unseren Plan B auf.«

Bei der gestrigen Besprechung im *Café Lomo* hatte Kim am Schluss noch einen echt genialen Plan vorgeschlagen. Damit würden sie die Hochzeits-Planerin mit sehr hoher Wahrscheinlichkeit überführen können, selbst wenn die anderen Methoden scheiterten.

Marie grinste. »Unsere Chefin hat wie immer recht. Seid ihr startklar?«

»Ja«, riefen Kim und Franzi wie aus einem Mund.

Die Hochzeitsagentur befand sich in einem liebevoll restaurierten, denkmalgeschützten Haus im Zentrum. Eine Mar-

mortreppe führte hinauf ins Hochparterre, das die Agentur komplett für sich angemietet hatte.
Nachdem die drei !!! geklingelt hatten, ertönte ein automatischer Summer. Selbstbewusst betraten die Detektivinnen die Räume der Agentur. Am Empfang standen eine elegante ältere Frau im gestreiften Hosenanzug und ein junger, sportlich aussehender Mitarbeiter.
Die Frau unterbrach ihr Gespräch und lächelte freundlich. »Guten Tag! Wie kann ich euch helfen? Ich bin Heide Kiehl, die Leiterin von *Träume werden wahr.*«
»Freut mich sehr«, sagte Marie. »Ich bin Marie Grevenbroich, und das sind meine Freundinnen Kim und Franzi. Machen Sie sich bitte wegen uns keine Umstände, die liebe Rabea erwartet uns schon!«
»Nanu, ich dachte eigentlich, Rabea hat gleich einen Außentermin?«, sagte der Mitarbeiter verwundert.
Marie raunte ihm verschwörerisch zu: »Ich weiß, den hat sie extra wegen uns abgesagt. Rabea ist so ein Schatz!«
Franzi hatte sich unauffällig umgesehen und das Namensschild »Leinisch« an der Tür hinter dem Empfang erspäht.
Die drei !!! spazierten seelenruhig an dem verdutzten Mitarbeiter und der Agenturleiterin vorbei. Kim öffnete schwungvoll die Tür, dicht gefolgt von Marie und Franzi.
Rabea Leinisch saß am Schreibtisch und tippte gerade hektisch einen Text in ihren Computer. »Jetzt nicht! Ich hab doch gesagt, dass ich gleich wegmuss …« Sie hob gestresst den Kopf und entdeckte Kim, Franzi und Marie. »Ach, hallo, Mädchen! Das ist ja eine nette Überraschung.« Sie setzte rasch ihr professionelles Lächeln auf.

Kim blieb kühl. »Ob die Überraschung nett wird, weiß ich nicht. Aber wir müssen dich dringend sprechen.«
Die Hochzeits-Planerin fuhr ihren Computer herunter, nahm ein paar Papiere aus dem Drucker und verstaute sie geschäftig in ihrer Aktentasche. »Das ist leider ein ganz schlechter Zeitpunkt. Ich hab nämlich einen wichtigen Außentermin.«
»Der Termin kann warten«, sagte Marie ruhig. Dann ging sie direkt zum Angriff über: »Wir wissen alles über dich!«
»Wie bitte?« Rabeas Lachen klang nicht ganz so glockenhell wie sonst. »Ich verstehe nicht ganz …«
»Du wirst es gleich verstehen«, versicherte Marie. »Also: Wir sind Detektivinnen und haben herausgefunden, dass du mehrere Straftaten begangen hast. Erstens: Du bist eine Betrügerin. Du hast Tessa und meinen Vater bei den Honoraren angelogen und hinterher eine viel zu hohe Rechnung gestellt.«
Kim setzte sofort nach: »Zweitens: Du hast einen Brief gefälscht und mutwillig versucht, dadurch das Glück eines Brautpaars zu zerstören.«
»Drittens«, fügte Franzi hinzu, »du hast die Metallstange beim Läufer in der Kirche sabotiert, damit Maries Vater stürzt. Das ist Körperverletzung.«
Die Hochzeits-Planerin hörte sich die Vorwürfe ungläubig an. Ihr Lächeln fror buchstäblich ein. »Das ist … das ist …«, sie suchte nach den passenden Worten, »das Lächerlichste, was ich je gehört habe!« Empört stand sie von ihrem Bürostuhl auf. »Ihr habt wirklich eine blühende Fantasie, Mädchen, das muss man euch lassen. Nichts, aber auch gar nichts von euren Anschuldigungen ist wahr!«

Marie hatte eine solche Reaktion fast erwartet. »Oh doch, alles ist wahr! Das können wir beweisen.«
»Jetzt bin ich aber gespannt, hihi!«, machte sich Rabea über die Detektivinnen lustig.
Franzi verzog keine Miene. »Das darfst du auch sein. Kim, bist du so lieb?«
»Gerne.« Kim holte die Beweisstücke aus ihrer Tasche und hielt die Plastiktütchen hoch. »Hier sind die Indizien zu deiner dritten Straftat: ein Schraubendreher und eine Schraube, die dir aus deinem Blazer gerutscht sind, als du den Taxifahrer bezahlt hast.«
»Und hier ist der Beweis für die Fälschung des Liebesbriefs.« Marie zückte ihr Handy und öffnete die entsprechenden Fotodateien.
Rabea verdrehte die Augen. »Sehr, sehr komisch, ihr drei, wirklich!«
»Da sind wir anderer Meinung«, sagte Franzi ernst. »Wir würden gerne wissen, warum du Maries Vater in Gefahr bringen wolltest. Der Sturz hätte richtig schlimm ausgehen können. Ist dir das eigentlich klar gewesen? Warum hast du das gemacht?«
Die Hochzeits-Planerin spielte immer noch das unschuldige Opfer, das völlig zu Unrecht verdächtigt wurde. »Wie oft soll ich es euch noch sagen? Nichts davon ist wahr! Ich habe das alles nicht getan!«
Wütend kickte sie mit dem Absatz ihres rechten Pumps den Bürostuhl nach hinten. Dann schoss sie plötzlich hinter dem Schreibtisch hervor, schubste die drei !!! zur Seite und stürmte zur Tür.

»Stopp!«, rief Franzi.
»Weglaufen hat keinen Sinn!«, rief auch Kim energisch der flüchtenden Rabea nach.
Rabea hörte nicht auf die beiden. Die Hochzeits-Planerin riss die Tür auf, wollte losrennen – und prallte mit voller Wucht gegen ihre Chefin.
Geistesgegenwärtig öffnete Frau Kiehl die Arme und fing ihre Mitarbeiterin auf. »Hoppla, wo willst du denn so schnell hin, Rabea?«
»Bloß raus hier!« Rabea fächelte sich mit der Hand dramatisch Luft zu. »Mir ist schlecht geworden, Heide. Bitte lass mich los!«
»Tun Sie das nicht!«, sagte Marie energisch. »Rabea lügt. Wir haben Beweise.«
»Lügen? Beweise?« Frau Kiehl fiel aus allen Wolken. Die Agenturleiterin hielt Rabea tatsächlich weiter fest, doch die versuchte sich loszumachen. »Autsch! Was soll das, Rabea?«, beschwerte sich Frau Kiehl.
Rabea schaffte es irgendwie, sich zu befreien, aber der junge Mitarbeiter versperrte seiner Kollegin erfolgreich den Weg.
»Was ist hier eigentlich los?«, wollte er wissen. »Du sagst uns jetzt bitte sofort, was passiert ist!«
Rabea beteuerte: »Ich … das ist alles ein ganz dummes Missverständnis!«
»Ist es nicht«, widersprach Kim. »Gib endlich zu, Rabea, was du getan hast! Mach es lieber jetzt, bevor wir mit den Beweisen zur Polizei gehen.«
Die Hochzeits-Planerin blieb stur. »Ich sage nichts ohne mei-

nen Anwalt! Ich will sofort meinen Anwalt sprechen.« Ihre Stimme wurde schrill.
»Deinen Anwalt?«, fragte Frau Kiehl alarmiert. »Was soll das heißen? Was hast du getan? Ich hab dir immer vertraut, Rabea. Gibt es einen Grund, warum ich das in Zukunft nicht mehr tun sollte?«
Die eindringlichen Worte ihrer Chefin gaben Rabea den Rest. Plötzlich brach die Hochzeits-Planerin in Tränen aus. Wie ein Wasserfall sprudelten auf einmal die Sätze aus ihr heraus: »Ich wollte doch nur ein bisschen mein Gehalt aufbessern! Das hat bisher noch keinem wehgetan, wenn ich größere Aufschläge berechnet und mir die Differenz auf mein eigenes Konto überwiesen habe.«
»Du hast *was* getan?«, rief Heide Kiehl entsetzt.
Rabea überhörte die Frage und redete einfach weiter: »Und dann kam diese Tessa daher! Schon damals im Studium ist ihr immer alles zugeflogen. Wir waren mal in einem Seminar zusammen, aber sie hat mich nicht wiedererkannt. Typisch! Nie falle ich auf!« Sie seufzte. »Was hat Tessa, das ich nicht habe? Warum ist sie so erfolgreich als Kamerafrau? Warum hat sie auch noch eine eigene T-Shirt-Kollektion, zwei süße Kinder und sich jetzt noch diesen tollen Schauspieler geangelt? Das ist so was von ungerecht! Tessa hat doch keine Ahnung, wie gemein das Leben sein kann. Ich wollte, dass sie es auch endlich mal spürt. Dass sie nicht immer nur im Glück schwimmt und am eigenen Leib erfährt, wie es Menschen wie mir oft geht. Ich wollte, dass sie einen ordentlichen Dämpfer bekommt. Der war schon lange überfällig, kann ich euch sagen …«

»Stopp!«, unterbrach Marie den Wortschwall der Hochzeits-Planerin. »Das ist so übel, das höre ich mir nicht mehr länger an. Ich rufe jetzt die Polizei an.«
Marie wählte die eingespeicherte Nummer. »Hallo, Kommissar Peters! Hier ist Marie Grevenbroich. Wir haben gerade eine Betrügerin überführt, die auch noch Körperverletzung begangen hat. Die Täterin hat ein Geständnis abgelegt, Beweise liegen vor. Bitte kommen Sie sofort zur Hochzeitsagentur *Träume werden wahr.*« Sie gab die Adresse durch.
»Sind schon unterwegs!«, antwortete der Kommissar.

Alles kommt ans Licht

Geheimes Tagebuch von Kim Jülich
Samstag, 11:32 Uhr
Auch für mein Tagebuch für unterwegs gilt: Hände, Pfoten und Flossen weg! Ich glaube, wir haben uns verstanden!!
In einer halben Stunde haben wir einen Termin in der Chocolaterie *im Ostviertel. Marie hatte eine tolle Idee. Ich bin schon wahnsinnig aufgeregt! Hoffentlich klappt es. Mehr will ich nicht verraten.*
Es lohnt sich für mich nicht, vorher noch nach Hause zu fahren. Deshalb sitze ich hier auf einer Bank in der Nähe der Chocolaterie. *Ich muss nämlich noch zwei wichtige Dinge nachtragen.*
1. Franzi, Marie und ich wissen endlich, was wir Tessa und Helmut zur Hochzeit schenken. Erst dachten wir an einen selbst gebastelten Bilderrahmen mit Muscheln, aber jetzt ist uns was viel Besseres eingefallen: Wir schenken den beiden einen Gutschein für ein romantisches Candle-Light-Dinner im Pferdeschuppen bei Franzi zu Hause, den wir mit Lampions und vielen Windlichtern schmücken werden! Marie und ich wollen an diesem Abend gemeinsam bei Franzi übernachten. Aber das Beste kommt noch: Maxime, der berühmte Sternekoch, hilft uns bei der Zubereitung des Dinners! Das ist sein Dankeschön dafür, dass wir ihm bei einem unserer letzten Fälle geholfen haben.
2. Noch wichtiger!!
Die Zeugnisfeier war total schön. Michi war mit Abstand der süßeste, tollste Junge seines Jahrgangs! Ich hab extra laut

geklatscht und »Michi, Michi!« gerufen, als er nach vorne gegangen ist und sein Zeugnis entgegengenommen hat. Er hat es gehört und hat mir vom Podium aus zugewunken! Das war so süß!
Später beim Sektempfang hab ich ihm mein Fotobuch geschenkt. Er hat es sofort ausgepackt und durchgeblättert. Dann hat er mir einen dicken Kuss gegeben und mich lange umarmt.
Es klingt vielleicht verrückt, aber seit diesem Augenblick weiß ich, dass wir für immer zusammen sein werden. Dass nichts und niemand auf der Welt uns trennen kann. Ich bin so glücklich!!!
Michi & Kim forever

PS: Manchmal geschehen noch Wunder! Ben und Lukas sind über ihren Schatten gesprungen und haben sich bei unserem Nachbarn entschuldigt. Poschke hat die Entschuldigung sofort angenommen und gemurmelt, dass er vielleicht auch etwas »stark reagiert« hätte. Als meine Brüder triumphierend gegrinst haben, hat er aber nachgeschoben, dass er in der Sache natürlich recht hätte. Die Bemerkung hätte er sich echt sparen können!

»Ein Ausflug? Eigentlich passt es mir gerade nicht so gut.« Tessa blickte von ihrer Nähmaschine auf. »Ich will den Matrosenanzug für Finn heute noch fertig kriegen.«
»Das schaffst du auch hinterher noch«, sagte Marie. »Es dauert nicht lange. Wie gesagt, es ist nur ein ganz kurzer Ausflug zur *Chocolaterie* rüber. Kim, Franzi und ich haben da eine Idee wegen der Hochzeit.«
Sobald Tessa das Wort »Hochzeit« hörte, leuchteten ihre Augen. »Na gut, du hast mich überzeugt. Ich komme mit.«

Sie schaltete die Nähmaschine aus und ging mit Marie die Treppe hinunter.
In der Eingangshalle wartete Helmut Grevenbroich startbereit. Der Verband an seinem rechten Knöchel war schon deutlich kleiner und er humpelte auch nicht mehr so stark.
Tessa sah ihn verblüfft an. »Hat Marie dich etwa auch überredet, einen Ausflug zur *Chocolaterie* zu machen?«
Helmut Grevenbroich seufzte. »Ja. Ich muss heute dringend für meine Rolle lernen, aber sie hat nicht lockergelassen. Du kennst sie ja.«
Tessa lachte. »Dann nichts wie los!«
Die *Chocolaterie* war nach dem *Lomo* Maries Lieblingscafé. Es lag nur ein paar Straßen von der alten Villa entfernt und hatte die leckersten Croissants und *Pains au Chocolat* der Stadt. Seit Marie mit ihrer Familie ins Ostviertel gezogen war, freuten sich die Besitzer über ein deutliches Umsatzplus.
Als Marie, Tessa und Helmut Grevenbroich bei der *Chocolaterie* ankamen, standen Kim und Franzi schon bei der Kuchentheke.
»Jetzt bin ich aber echt gespannt«, sagte Maries Vater. »Was habt ihr denn wieder ausgeheckt?«
»Etwas ganz Tolles!«, kündigte Marie an und zeigte auf die quadratischen Törtchen auf der obersten Glasplatte. »Das ist eine neue Spezialität hier: *Schokotraum*. Unten dunkle Schokolade, in der Mitte Vollmilch und oben weiße Schokolade. Kim, Franzi und ich haben es schon probiert. Es zergeht auf der Zunge.«
»Lass mich raten«, sagte Helmut Grevenbroich. »Ihr möchtet, dass wir diese Schoko-Dinger für unsere Hochzeit bestellen?«

Kim nickte. »Genau. Die Hochzeitstorte ist doch mit Zitronencreme. Da wäre ein Gegenpol perfekt. Die Leute lieben Schokolade.«
»Das stimmt.« Tessa zögerte. »Aber wir haben doch schon die rote Grütze zum Nachtisch. Das wird langsam ein bisschen viel.«
»Finde ich nicht«, sagte Franzi etwas lauter als nötig. »Gibt es nicht diesen berühmten Spruch: Liebe geht durch den Magen?«
»Den kenne ich auch«, mischte sich ein Gast hinter ihnen ein. »Der Spruch trifft auf mich hundertprozentig zu.«
Die drei !!! taten so, als seien sie überrascht. In Wirklichkeit hatten sie schon auf diesen Satz gewartet. Franzis Frage war das Stichwort dazu gewesen.
Tessa und Helmut Grevenbroich drehten sich um.
»Sebastian!«, rief Tessa verblüfft. »Was machst du denn hier?«
Sebastian Reusner zeigte auf die Kuchentheke. »Ich muss gestehen, ich bin leider süchtig nach diesen *Schokotraum*-Teilen.«
Tessa grinste. »Damals im Studium warst du auch schon abhängig von Zartbitter-Schokolade, stimmt's?«
»Ähm … Tessa, willst du mir deinen Studienfreund nicht vorstellen?«, meldete sich Helmut Grevenbroich zu Wort. Er wirkte nicht gerade glücklich, Sebastian zu begegnen.
Tessa strich sich verlegen eine Haarsträhne hinters Ohr. »Entschuldige bitte, Liebling. Das ist Sebastian, den ich neulich zufällig wieder getroffen habe. Und das ist Helmut, mein zukünftiger Mann.«
»Zufällig …«, sagte Maries Vater gedehnt. »Soso. Freut mich,

Sie kennenzulernen, Sebastian.« Er streckte dem Comiczeichner förmlich die Hand hin.
Sebastian Reusner lächelte. »Mich auch. Aber wollen wir nicht Du sagen? Ich muss übrigens noch ein Geständnis machen. Marie hat mich hierherbestellt.«
»Dich auch?« Tessa zog verwundert die Augenbrauen hoch. »Warum das denn?«
Helmut Grevenbroich runzelte die Stirn. »Das musst du mir bitte genauer erklären.«
»Sehr gern«, sagte Sebastian Reusner. »Kommt doch kurz mit.« Er lotste Tessa und Helmut zu einem Bistrotisch, an dem eine zierliche, rothaarige Frau stand und an einer heißen Schokolade nippte. Die drei !!! folgten den Erwachsenen, hielten sich jedoch im Hintergrund.
»Helene, das sind Tessa und Helmut, von denen ich dir erzählt hab. Und das ist Helene, meine Frau.«
»Deine … Frau!« Helmut Grevenbroich konnte sein Erstaunen nicht verbergen.
Helene Reusner drückte zärtlich die Hand ihres Mannes. »Wir sind seit 15 Jahren sehr glücklich verheiratet.«
»Oh ja, das sind wir«, sagte der Comiczeichner. »Wir haben uns in Paris in einer *Chocolaterie* kennengelernt und uns kurz vor Ladenschluss die letzte Schokoladen-Tarte geteilt. Es war Liebe auf den ersten Blick.«
»Man könnte auch sagen: ›auf den ersten Biss‹.« Helene Reusner kicherte.
»Seither hab ich nur noch Augen für Helene!«, schwärmte Sebastian Reusner. »Alle anderen Frauen interessieren mich nicht. Sie sind …«

Helmut Grevenbroich, der bis dahin schweigend zugehört hatte, fragte irritiert: »Entschuldige, wenn ich dich unterbreche, aber Tessa hat neulich einen merkwürdigen Brief von dir bekommen. Der klang ganz anders.«
Die drei !!! und der Comiczeichner wechselten einen kurzen Blick.
»Der Brief war nicht von mir«, sagte Sebastian Reusner. »Aber das erklären dir am besten Kim, Franzi und Marie.«
»Es hat mit dem Fall zu tun, den wir heute Vormittag gelöst haben«, begann Kim.
»Ihr habt schon wieder einen Fall gelöst?« Die Frage kam fast gleichzeitig von Tessa und Maries Vater.
Die drei !!! nickten.
»Das ist ja toll!«, sagte Helmut Grevenbroich. »Ich bin stolz auf euch. Trotzdem verstehe ich immer noch Bahnhof.«
Marie holte tief Luft. »Bitte erschrick jetzt nicht, Papa: Wir haben Rabea überführt.«
»Die Hochzeits-Planerin?« Helmut Grevenbroich wollte es erst nicht glauben. Dann fiel ihm wieder die Rechnung ein. »Sag bloß, Rabea hat uns absichtlich eine viel zu teure Rechnung gestellt?«
»Leider ja«, bestätigte Franzi.
Die Nachricht machte Maries Vater und Tessa erst mal sprachlos.
Jetzt berichteten die drei !!! abwechselnd von ihren Ermittlungsergebnissen und erzählten auch, dass Rabea den Liebesbrief gefälscht hatte.
Helmut Grevenbroich schwankte zwischen Erleichterung und Wut. »Das ist ja unglaublich! Zum Glück bin ich nicht

eifersüchtig, und zum Glück verstehen wir uns so gut, Tessa!«
»Ja, das ist wunderbar«, bestätigte Tessa. Dann wandte sie sich an Sebastian: »Danke, dass du heute mit deiner Frau extra hierhergekommen bist.«
»Das war doch selbstverständlich«, sagte der Comiczeichner. »Es war mir selbst ganz wichtig, das klarzustellen. Ich möchte schließlich, dass ihr eine unbeschwerte Hochzeit habt.«
Auch Maries Vater bedankte sich bei Sebastian Reusner.
So schonend wie möglich erzählten die drei !!! weiter. Als sie zur Manipulation des Läufers in der Kirche kamen, war für Helmut Grevenbroich die Grenze überschritten. »Dass ein Mensch so weit gehen kann, bloß aus Eifersucht und Neid! Einen anderen Menschen absichtlich in Gefahr bringen, das finde ich wirklich schlimm. Mit dem verstauchten Knöchel bin ich ja noch mal gut davongekommen. Aber Rabea kommt hoffentlich nicht ohne Strafe davon.«
»Garantiert nicht«, versicherte Marie. »Kommissar Peters hat übrigens auch noch gemeint, dass sie dir auf alle Fälle Schmerzensgeld zahlen muss.«
Tessa schmiegte ihren Kopf an Helmut. »Bis zur Hochzeit bist du wieder ganz gesund, und wir lassen uns die Feier von Rabea nicht verderben.«
»Ich finde, darauf sollten wir einen Cappuccino trinken.« Sebastian Reusner winkte der Bedienung.
»Und eine Runde *Schokotraum* für alle!«, bestellte Helmut Grevenbroich.
»Liebe geht durch den Magen!«, wiederholte Marie und brachte damit alle am Tisch zum Lachen.

Es war dann doch kein »ganz kurzer Ausflug« gewesen, aber Tessa, Helmut und Marie kehrten sehr beschwingt in die alte Villa zurück.
In der Auffahrt stand ein dunkelblauer Van.
»Haben wir jemanden eingeladen?«, fragte Tessa verwundert.
Maries Vater schüttelte den Kopf. »Nicht, dass ich wüsste.«
In der Eingangshalle trafen sie eine aufgeregte Lina, die gerade Heide Kiehl dabei half, einen riesigen Blumenstrauß vom Papier des Blumenladens zu befreien. »Die Chefin von Rabea möchte euch dringend sprechen.«
Die Agenturleiterin überreichte Tessa den Strauß, der aus lilafarbenen Orchideen und weißen Lilien bestand. »Ich weiß, dass es keine Entschuldigung dafür gibt, was alles Schreckliches passiert ist, aber ich hoffe, Sie nehmen die Blumen trotzdem an.«
Tessas Gesicht verschwand fast vollständig hinter der Blumenpracht. »Äh … ja, schon«, sagte sie zögernd. »Vielen Dank. Bitte kommen Sie doch mit ins Wohnzimmer.«
»Ich nehme dir die Blumen ab und hole eine Vase aus der Küche«, bot Helmut Grevenbroich ihr an.
Kurz darauf saß die Familie mit Heide Kiehl auf dem weißen Sofa. Auf dem Couchtisch zwischen ihnen prangten die exotischen Blumen, und für ein paar Sekunden breitete sich peinliches Schweigen aus.
Dann entschuldigte sich die Agenturleiterin nochmals und beteuerte: »Es tut mir so leid, ich bin untröstlich! Natürlich habe ich Rabea sofort fristlos entlassen. Ich hatte ja keine Ahnung von den Machenschaften meiner Angestellten, sonst wäre ich natürlich längst eingeschritten!«

»Wir glauben Ihnen«, sagte Tessa ruhig. Maries Stiefmutter hatte ein untrügliches Gespür dafür, wenn Menschen ehrlich waren.
»Da bin ich aber sehr froh!« Heide Kiehl seufzte erleichtert. »Ich werde Ihnen selbstverständlich eine neue, korrekte Rechnung stellen. Die alte Rechnung zerreißen Sie bitte gründlich und werfen sie in den Papierkorb. Außerdem werde ich mich persönlich darum kümmern, dass Sie Schmerzensgeld bekommen, Herr Grevenbroich. Wie geht es Ihnen denn eigentlich?«
»Ganz gut«, antwortete Maries Vater. »Die Schwellung am Knöchel klingt langsam ab.«
»Das freut mich sehr zu hören.« Die Agenturleiterin räusperte sich. »Ich habe einen Vorschlag: Was halten Sie davon, wenn ich ab sofort Rabeas Aufgaben übernehme und auch am Hochzeitstag dabei bin? Vorausgesetzt natürlich, Sie haben noch Vertrauen in meine Agentur.« Gespannt wartete sie auf die Antwort des Brautpaares.
Tessa und Helmut sahen sich kurz an. Dann nickten sie und nahmen den Vorschlag an.
»Tausend Dank!«, sagte Heide Kiehl. »Sie wissen ja gar nicht, wie froh ich bin, dass Sie so verständnisvoll sind. Jetzt will ich Sie aber nicht länger stören. Nur eine Sache noch: Ich möchte gerne die Kosten für den Fotografen bezahlen. Das ist mein Hochzeitsgeschenk an Sie und mein Dankeschön!«
Tessa und Helmut freuten sich.
»Ich hab da auch noch eine Idee«, meldete Marie sich zu Wort. »Der Fotograf könnte doch ein extra Album mit den Blumenmädchen machen.«

Die Agenturleiterin lächelte. »Das ist eine hervorragende Idee. Danke für euren Einsatz. Ihr seid so tolle Detektivinnen!«

Ja, ich will!

»Rechts noch ein Stückchen höher, Lina. Ja, jetzt hängt es gut. Kleb es lieber zweimal mit Tesafilm fest.« Zufrieden betrachtete Marie das Schild an der Tür von Tessas Arbeitszimmer. *Zutritt für den Bräutigam streng verboten!*, stand darauf. Marie hatte die unmissverständliche Botschaft mit einem dicken, roten Marker geschrieben und Lina hatte die entsprechenden Symbole dazu gemalt: gezackte Blitze, Totenköpfe und Alarmglocken.

»Ich glaube, jetzt weiß Helmut Bescheid.« Lina kicherte. »Er darf die Braut erst sehen, wenn sie ihr Hochzeitskleid trägt und fertig gestylt und geschminkt ist.«

»Ganz genau«, sagte Marie. »Der Morgen gehört uns Mädchen und Frauen.«

Beim Frühstück hatte Marie vor Aufregung kaum etwas essen können. Sie war schon seit sechs Uhr wach.

Heute war der große Tag! Heute würden Tessa und ihr Vater heiraten!

Marie und Lina schlüpften leise zurück ins Zimmer der Braut. Wie gut es hier nach Parfum, Cremes und Puder duftete!

Tessa saß im Bademantel vor einem großen Spiegel. Die Friseurin machte gerade ihre Haare und sprühte Glanzspray auf die Ponyfransen. Tessas Schwester Sabine lackierte die Fingernägel der Braut, Heidi massierte ihre Füße.

Tessas Mutter hatte eine Frauenzeitschrift auf den Knien. »Also, Liebes, was soll ich dir vorlesen? Möchtest du lieber

den neuesten Klatsch aus dem britischen Königshaus hören oder von der letzten Promi-Hochzeit in Hollywood?«
Tessa lachte. »Ist mir egal, Mama. Heute kann ich mir sowieso nichts merken. Aber deine Stimme zu hören, tut gut.«
Die Mutter entschied sich für das britische Königshaus. Normalerweise interessierte Marie sich sehr dafür, aber heute rauschten die Neuigkeiten an ihr vorbei. Es gab ja auch tausendmal Wichtigeres!
»Lina, Marie, seid ihr so lieb und öffnet schon mal die vielen Knöpfe am Rücken von meinem Brautkleid?«, bat Tessa.
»Klar«, sagte Marie.
Das Brautkleid hing auf einem Bügel an der Tür. Marie ließ die Seide langsam durch ihre Finger gleiten. Sie fühlte sich kühl an, glatt und weich. Ein Traum!
Vorsichtig begannen Lina und Marie, die mit Stoff bezogenen Knöpfe aufzumachen.
»Du, Marie«, sagte Lina leise. »Wenn meine Mama jetzt deinen Papa heiratet, sind wir dann nicht mehr Stiefschwestern, sondern richtige Schwestern?«
Marie überlegte. »Ich glaube schon. Ja, dann sind wir richtige Schwestern!«, entschied sie.
Lina strahlte. »Das hört sich schön an: Schwester!«
»Finde ich auch«, sagte Marie. Während sie sich wieder über das Kleid beugte, fühlte sie sich Lina auf einmal ganz nah. So viele schöne Dinge hatten sie schon gemeinsam erlebt: den Umzug in die alte Villa, Weihnachten und Familienfeste – und natürlich die Geburt von Finn, ihrem süßen kleinen Bruder. Das war wie ein unsichtbares Band, die alltäglichen Streitereien verblassten dagegen.

Die Knöpfe waren offen. Jetzt durfte Marie Tessa beim Schminken helfen, Lidschatten auftragen und die Wimpern tuschen. Diese Aufgabe verlangte volle Konzentration, und Marie wollte es besonders gut machen.
Tessa war begeistert vom Ergebnis. »Das sieht richtig gut aus! Du kannst das so toll, Marie, danke dir.«
»Nichts zu danken«, wehrte Marie ab, aber sie freute sich sehr über das Lob.
Die Frisur war inzwischen auch fertig. Tessas kurze Haare waren fransig in die Stirn gekämmt und wurden von einem glitzernden Haarreif mit einem Stern geschmückt.
»Du siehst aus wie ein Filmstar aus den Zwanzigerjahren!« Ihre Mutter war begeistert. »Dann kannst du jetzt dein Kleid anziehen. Sabine, Heidi und ich helfen dir gern dabei.«
Es dauerte eine Weile, bis Tessa das Kleid anhatte, bis alle Knöpfe geschlossen waren und die Stoffbahnen so drapiert waren, wie sie sein sollten.
Tessa ging auf Zehenspitzen zum Spiegel. »Sitzt das Kleid auch gut?«
»Perfekt!«, sagten Sabine und Marie gleichzeitig.
Lina flüsterte: »Mami, du siehst aus wie eine Elfe aus dem Märchenland.«
»Danke, Schatz.« Tessas Augen strahlten mit ihrem Mund um die Wette. Ihr ganzer Körper strahlte vor Glück. »Ich wünschte, ich wäre eine Elfe. Dann würde ich mit ein bisschen Elfenstaub mein Lampenfieber wegzaubern.«
Heidi widersprach entschieden: »Das wäre schade! Lampenfieber gehört dazu. Das ging mir genauso, als ich vor einem Jahr geheiratet habe.«

»Aber ich kann dich beruhigen«, sagte Sabine. »Man merkt dir die Aufregung überhaupt nicht an.«
Tessa lächelte. »Dann ist es ja gut!« Ihr Blick fiel auf Marie und Lina. »Möchtet ihr euch vielleicht auch gleich umziehen? Die Zeit vergeht so schnell.«
Auf diesen Augenblick hatte Marie schon sehnsüchtig gewartet. Die Blumenkleider von ihr und Lina lagen über einer Stuhllehne bereit.
»Darf ich dir helfen, Schwester?«, fragte Marie.
»Sehr gerne, große Schwester!«, antwortete Lina.
Erst zog Lina mit Maries Hilfe ihr Kleid an, dann machten sie es umgekehrt. Die Seide war angenehm kühl auf der Haut. Marie fühlte sich sofort wohl. Kritisch überprüfte sie vor dem Spiegel, ob alles passte, und zupfte an ihrer Schleife.
Lina drehte sich um die eigene Achse, bis der Rock wie eine Glocke um ihre Beine schwang. »Mein Kleid kann fliegen!«
Da klopfte es leise an der Tür.
»Dürfen wir reinkommen?«, hörte Marie Franzi vorsichtig fragen. »Oder gilt für uns auch das Verbot?«
»Klar dürft ihr reinkommen!« Marie lief ihren Freundinnen barfuß entgegen.
Kim und Franzi trugen bereits ihre Blumenmädchen-Kleider und farblich passende Ballerinas. Auch Lina und Marie zogen weiße Söckchen an und schlüpften in Ballerinas.
»Lasst euch mal anschauen!« Tessa versammelte sie vor dem großen Spiegel. »Meine Blumenmädchen, wie hübsch ihr seid! Hier hab ich noch drei Haarreife, für dich, Marie, und für Kim und Lina. Franzi, du kannst dir die Schleifchen um die Zöpfe binden.«

Von draußen hörte man eilige Schritte und dann die nervöse Stimme von Helmut Grevenbroich: »Wo sind bloß meine schwarzen Lackschuhe? Sie haben sich in Luft aufgelöst! Vielleicht hab ich sie ja aus Versehen in Tessas Arbeitszimmer abgestellt. Aber da darf ich ja nicht rein …«
»Doch, jetzt darfst du!«, rief Tessa. »Wir sind fertig.«
Die Tür ging auf und der Bräutigam stand auf der Schwelle. Die Braut und die Blumenmädchen drehten sich zu ihm um.
»Du bist wunderschön, Tessa!« Marie hatte ihren Vater noch nie so gerührt erlebt. Er wagte es kaum, näher zu treten.
»Guten Morgen, mein Liebster!«, sagte Tessa.
»Guten Morgen, Liebste!« Helmut Grevenbroich nahm zärtlich die Hand seiner Braut und hauchte einen Kuss darauf. Im Hintergrund erschien Frau Kiehl mit den Lackschuhen des Bräutigams in der Hand. »Ich hab sie gefunden!«
»Wo waren sie denn?«, wollte Maries Vater wissen. »Egal! Hauptsache, sie sind wieder aufgetaucht. Vielen Dank, Frau Kiehl, Sie haben mich gerettet.« Er setzte sich auf Tessas frei gewordenen Stuhl und zog die Schuhe an. »Der rechte Schuh passt ja super!«, stellte er erstaunt fest.
Die Agenturleiterin lächelte. »Ich hab ihn vom Schuster weiten lassen, damit Sie mit dem Knöchel keine Probleme bekommen.«
»Sie sind ein Engel!«, sagte Helmut Grevenbroich.
Von unten hörte man Finn überhaupt nicht engelhaft brüllen. »Nein, nein!«, protestierte er immer wieder.
»Was ist denn da los?«, fragte Tessa besorgt. »Ich bin gleich da, Schätzchen!« Mit ihrem engen Kleid konnte sie aller-

dings nur kleine Schritte machen. Marie und Lina begleiteten Tessa auf der Treppe und trugen vorsichtig die Schleppe. Sie fanden den Kleinen auf seinem Kinderstuhl, wo er wütend mit den Beinchen aufstampfte. Tessas Vater versuchte vergeblich, seinen Enkelsohn mit Fingerspielen abzulenken, während Natascha mit einer weißen Stoffserviette in der Hand vor Finn kniete. »Er hat seinen Marineanzug mit Erdbeermarmelade bekleckert! Der Fleck geht nicht raus, ich hab's schon versucht«, jammerte sie. »Und er zappelt so stark.«

»Oh nein! Was machen wir denn jetzt?«, rief Tessa. »Der schöne Anzug!«

»Wir können ihm doch was anderes anziehen«, schlug Tessas Vater pragmatisch vor.

Frau Kiehl hatte eine bessere Idee. »Das ist nicht nötig. Wir binden Finn einfach ein marineblaues Dreieckstuch um.« Natascha holte eines ihrer Halstücher, das farblich passte, und band es Finn locker um den Hals. »Schau mal, junger Mann! Wie findest du das?«

Finn war so verblüfft, dass er sofort aufhörte zu brüllen. Und als er merkte, dass er im Mittelpunkt der Aufmerksamkeit stand, krähte er fröhlich: »Ja, ja!«

Die Agenturleiterin hatte das zweite Problem an diesem Morgen im Handumdrehen gelöst. »Sehr schön«, sagte sie. »Dann sollten wir langsam aufbrechen. Das Brautauto und der Bus für die Gäste müssten eigentlich schon hier sein.«

In dem Moment ertönte draußen eine altmodische Hupe. Sebastian Reusner fuhr den gelben Käfer für das Brautpaar vor. Auf der Motorhaube war ein Gesteck aus Tessas Lieblingsblumen befestigt. Der Comiczeichner sprang aus dem Wagen, lief zur Beifahrerseite und öffnete formvollendet die Tür. »Guten Morgen! Willst du vorne oder hinten sitzen, Tessa? Hinten könnte es allerdings ein bisschen eng werden.«

»Das macht nichts«, meinte Tessa. »Ich möchte Helmut die Hand halten, wenn wir zur Kirche fahren.«

Sabine, Heidi und die Mutter der Braut halfen Tessa beim Einsteigen und achteten darauf, dass das weiße Kleid nicht zerdrückt wurde. Endlich war es geschafft, und Helmut Grevenbroich konnte zu seiner Braut ins Auto steigen.

Sebastian Reusner setzte sich hinters Steuer. »Wir fahren dann schon mal voraus, damit wir pünktlich da sind.«

»Gute Fahrt!«, riefen alle.

Kaum war das Brautauto weg, hupte es ein zweites Mal. Ein großer Reisebus rückte an, bog in die Auffahrt ein und hielt neben dem Brunnen. Den hatte Hardy, der Regisseur der *Vorstadtwache*, organisiert.

Im Bus saßen schon alle Filmkollegen und Freunde von Helmut und Tessa. Es gab ein großes Hallo, und Marie sah viele vertraute Gesichter wieder. Da waren Helga Meister, die lebhafte Produzentin, Tom Ring, der nette Drehbuchautor, und Sylvie, eine junge, sehr talentierte Schauspielerin. Besonders freute Marie sich natürlich, Adrian wiederzutreffen, ihren ehemaligen Nachbarn. Sein erster Kinofilm war ein großer Erfolg gewesen und jetzt startete er richtig durch.

»Kim, Franzi, Marie!« Von der hintersten Bank winkten Holger und Michi. »Wir haben die besten Plätze für euch reserviert.«

Marie ging durch den Mittelgang auf Holger zu. Ihr Herz schlug mit jedem Schritt schneller. Dann spürte sie Holgers Arme und hörte seine liebe Stimme: »Da bist du ja. Du hast mir gefehlt.«
»Du mir auch!«, sagte Marie und rutschte neben ihn auf die Bank.

Die Jakobikirche summte vom leisen Lachen und Tuscheln der Hochzeitsgäste. Alle waren festlich gekleidet, alle konnten es kaum noch erwarten, bis es endlich losging. Marie warf schnell noch einen Blick ins Kirchenschiff, bevor sie sich neben Lina hinter das Brautpaar stellte und den Schleier von Tessas Brautkleid aufnahm.
Dann war es so weit! Die Orgel brauste los. Die Gäste standen auf. Marie war die ganze Zeit furchtbar aufgeregt gewesen, aber jetzt wurde sie auf einmal ganz ruhig.
»Unser Weg zum Glück!«, sagte Helmut Grevenbroich Tessa ins Ohr.
»Ja«, flüsterte sie zurück.
Dann ging das Brautpaar los. Marie trat mit ihrer Familie vom hellen Sonnenlicht in die festlich geschmückte Kirche. In der einen Hand hielt sie den Schleier, in der anderen Hand ihr Blumenkörbchen. Sie musste nicht darüber nachdenken, der Ablauf fiel ihr ganz leicht. Sie war ja auch nicht alleine, sondern hatte die liebsten Menschen um sich herum: Tessa, ihren Vater, Lina, Finn, Kim und Franzi!
Alles klappte wie am Schnürchen. Finn ließ sich von Natascha wunderbar führen und stapfte stolz Kim und Franzi hinterher.

Nur für einen kurzen Augenblick wurde Marie nervös, als Tessa und ihr Vater die Stufen zum Altar hochgingen. Aber der Läufer war repariert, nichts passierte. Wohlbehalten erreichte das Brautpaar die Samtstühle und setzte sich.
Die Orgel verstummte, die Gäste nahmen wieder Platz und der Pfarrer trat mit einladend geöffneten Armen vor den Altar.
»Liebes Brautpaar, liebe Hochzeitsgäste! Wir sind heute zusammengekommen, um miteinander die Trauung von Tessa und Helmut zu feiern. Von zwei Menschen, die den Bund der Ehe schließen und füreinander da sein wollen, in guten wie in schlechten Tagen. Lasst uns die beiden an diesem wunderschönen Tag begleiten, ihnen unsere Freude und unsere Liebe schenken. Wir beginnen den Gottesdienst mit dem Lied *Herr, deine Liebe.*«
Marie sang aus vollem Herzen alle drei Strophen mit. Auch Kim, Franzi, Holger und Michi stimmten mit ein.
Nach einem kurzen Gebet las der Pfarrer den Trauspruch vor, den Tessa und Helmut ausgewählt hatten: »Nun aber bleiben Glaube, Hoffnung, Liebe, diese drei; aber die Liebe ist die Größte unter ihnen.«
Der Pfarrer wandte sich mit feierlichen Worten an das Brautpaar. »Wenn zwei Menschen wie ihr sich finden und spüren, dass die Liebe sie trägt, dann ist dies wie ein Geschenk, ein Geschenk Gottes. Ihr könnt dieser Liebe vertrauen, auch an schwierigen Tagen. Liebe ist unendlich, sie kennt keine Grenzen. Sie wird euch und eure Familie, eure wunderbaren Kinder, beschützen und eure Herzen öffnen für das Wunder unseres Lebens.«

Franzi, die links neben Marie saß, tupfte sich mit dem Taschentuch eine Träne aus dem Augenwinkel.
»Alles in Ordnung?«, flüsterte Marie ihr zu.
Franzi nickte. »Ja. Es ist sooo schön!«
Das fand Marie auch. Sie drückte Franzis Hand ganz fest und lächelte Kim zu, deren Augen auch schon verdächtig glänzten.
Der Pfarrer redete weiter: »Liebe Tessa, lieber Helmut, in der Ehe dürft ihr einander stärken, euch eure Sorgen und Probleme anvertrauen und die Freude miteinander teilen. Und wenn ihr euch an manchen Tagen einmal nicht versteht und streitet, dann vergesst nicht den Augenblick, in dem ihr den anderen am meisten geliebt habt. Das ist der Augenblick, der zählt. Nun aber bleiben Glaube, Hoffnung, Liebe, diese drei; aber die Liebe ist die Größte unter ihnen. Amen.«
Nach der ergreifenden Predigt stand das Brautpaar auf und gab sich gegenseitig ein feierliches Versprechen.
Helmut Grevenbroich fing an: »Liebe Tessa, ich will dich lieben und achten, dir vertrauen und treu sein. Ich will dir helfen und für dich sorgen, solange wir leben.«
Nachdem auch Tessa ihr Versprechen an Helmut gegeben hatte, sagte der Pfarrer: »Dann dürft ihr jetzt die Ringe tauschen.«
Das war das Stichwort für Tessas Vater. Er stand auf und brachte die Trauringe, die auf einem grünen Samtpolster ruhten.
Helmut nahm Tessas Ring und steckte ihn ihr an. »So rund, so hell, so endlos wie dieser Ring soll meine Liebe zu dir sein.«

Jetzt steckte Tessa Helmut den Ring an den Finger. »So rund, so hell, so endlos wie dieser Ring soll meine Liebe zu dir sein.«
Der Pfarrer segnete das Brautpaar, und dann sagte er den Satz, auf den Marie schon gewartet hatte: »Ihr dürft euch jetzt küssen!«
Gleichzeitig drehten Tessa und Helmut die Köpfe zueinander. Beide machten die Augen zu und küssten sich.
Jetzt musste auch Marie zum Taschentuch greifen. Wie wunderbar, dass ihr Vater und Tessa nun verheiratet waren! Sie konnte es noch gar nicht fassen.
Sie sangen noch ein Lied, der Pfarrer verabschiedete die Brautleute und Hochzeitsgäste mit einem Segen, und die Orgel stimmte das *Ave Maria* an. Zu den wunderschönen Klängen fand nun der Auszug aus der Kirche statt. Die Blumenmädchen durften diesmal vorausgehen. Marie spürte, wie die Blicke der Hochzeitsgesellschaft auf ihnen ruhten. Es waren liebevolle, gerührte Blicke, und einige hatten Tränen in den Augen. Auf einer Wolke aus Glück und Liebe schwebte Marie den Mittelgang entlang.
Die hintere Tür ging auf. Warmes Sonnenlicht flutete das Kirchenschiff. Marie trat ins Freie neben Lina, Finn und Natascha. Kim und Franzi stellten sich gegenüber auf.
Die Blumenmädchen zwinkerten sich zu, griffen mit vollen Händen in ihre Körbchen und ließen Blumen durch die Luft tanzen – genau zum richtigen Zeitpunkt, als das Brautpaar erschien. Die meisten Blumenblätter fielen auf den Boden, aber ein paar landeten in Tessas Haar und auf Helmuts dunklem Anzug.

Tessa schüttelte lachend den Kopf. »Danke, Kinder, danke!« Finn freute sich so, dass er aus Versehen sein Körbchen auf einmal auskippte. Das fand er lustig und hüpfte mitten in den kleinen Blumenberg hinein.
Die umstehenden Gäste klatschten und riefen entzückt: »Seht nur, ist er nicht süß?« – »Ein goldiger Junge.« – »Das muss ich fotografieren! Wo ist bloß mein Handy? Schnell, bevor es zu spät ist.«
Da war auch schon der Fotograf von *Träume werden wahr* zur Stelle und knipste mit seiner Kamera drauflos.
Frau Kiehl beruhigte die Gäste: »Keine Sorge, wenn Sie einen Augenblick verpasst haben. Sie können hinterher Abzüge bei unserem Fotografen bestellen. Ich darf Sie dann auch alle zum Fototermin in den Jakobipark einladen. Bei dem Bilderbuchwetter heute werden die Fotos bestimmt ganz toll.«
»Hallo, Blumenmädchen!« Der Fotograf drehte sich zu den drei !!! und Lina um. »Schaut mal alle her, bitte!«
Marie streckte sich und strahlte in die Kamera.

Liebe geht durch den Magen

Burg Wernfeld war noch schöner, als Marie sie in Erinnerung hatte. Der frische grüne Efeu an der Außenmauer leuchtete mit den Blumenrabatten an der Auffahrt um die Wette. Die Sonne spiegelte sich in den Butzenscheiben. Fliederbüsche standen in voller Blüte und verbreiteten einen betörenden Duft.

Als Marie mit den anderen aus dem Bus stieg, wurde gerade die Zugbrücke nach unten gelassen. Alle sahen gespannt zu und warteten. Das Brautpaar durfte natürlich zuerst die Brücke betreten und mit der Schere feierlich ein weißes Band durchtrennen.

»Bravo!«, riefen die Gäste.

Jetzt war der Weg frei für die Hochzeitsgesellschaft.

Im Innenhof wurden sie schon vom Burgherrn erwartet. Herzog Maximilian trug ein mittelalterliches Kostüm aus dunkelgrünem Samt mit Puffärmeln und ein Barett in derselben Farbe. »Herzlich willkommen auf Burg Wernfeld«, begrüßte er sie freundlich. »Es freut mich sehr, dass ihr heute auf meiner Burg Hochzeit feiert. Fühlt euch wie zu Hause und genießt diesen ganz besonderen Tag! Wer Lust hat, kann mich zu einem Rundgang durch die Burg begleiten. Anschließend gibt es einen Sektempfang hier im Innenhof.«

»Au ja!«, sagte Kim. »Die Führung machen wir mit, oder?«

Kim, Franzi, Marie und Lina schlossen sich neugierig der Gruppe an, die vom Herzog persönlich durch die Räumlichkeiten der Burg geführt wurde.

»Damals sind die Ritter zu Pferd hier hereingeritten«, erzählte Herzog Maximilian. »Deshalb hat man eine Rampe in den ersten Stock gebaut, auf der man direkt zum Speisesaal kam.«
Das gefiel Franzi natürlich sehr. »Wenn ich das gewusst hätte, hätte ich mein Pony Tinka mitgebracht!«
Der Burgherr schmunzelte. »Beim nächsten Mal vielleicht. Ich habe selbst auch Pferde, aber die fühlen sich auf der Weide in der Nähe der Burg deutlich wohler als hier zwischen den engen Mauern.« Herzog Maximilian zeigte ihnen den großen Speisesaal, der auch als Ballsaal genutzt werden konnte, und führte sie kurz durchs Museum, das für seine tollen Rüstungen und Schwerter berühmt war.
Holger tat so, als würde er ein Schwert von der Wand nehmen und mit unsichtbaren Feinden kämpfen. »Wagt es ja nicht, meine Freundin Marie zu bedrohen, sonst bekommt ihr es mit mir zu tun! Ich bin Raubritter Ferdinand und gefürchtet im ganzen Land!«
Marie spielte das Burgfräulein. »Danke, lieber Ferdinand, mein großer, starker Held!«
Die Hochzeitsgäste lachten.
»Jetzt lasst uns aber wieder zurück in den Innenhof gehen«, schlug Herzog Maximilian vor. »Wir wollen doch nicht den Sektempfang und die Hochzeitsfeier verpassen.«
Im Innenhof gab es Sekt, Orangensaft und Wasser. Die drei !!! mischten sich unter die Gäste und plauderten angeregt mit Adrian, Sylvie und den Filmleuten. Lina freute sich, ihren Vater zu sehen, und erzählte ihm ausführlich vom Hochzeitsmorgen und dem Styling der Braut.
Bald zog es die Hochzeitsgesellschaft an die runden, festlich

gedeckten Tafeln, die ebenfalls im Innenhof aufgebaut und mit weißen Zeltbahnen überspannt waren, damit die Sonne nicht zu heiß wurde.
Heide Kiehl war immer dann zur Stelle, wenn irgendwo etwas fehlte. Sie kümmerte sich liebevoll um eine Großtante von Marie, die im Rollstuhl saß. Ganz selbstverständlich organisierte sie einen Napf mit Wasser für Pablo und dirigierte die Kellner, damit die Gänge des Hochzeitsmenüs in der richtigen Reihenfolge aufgetragen wurden und alles reibungslos klappte.
Die selbst gebastelten, individuellen Tischkärtchen wurden von allen gebührend bewundert. Das Menü war toll. Es gab eine Suppe mit kleinen, herzförmigen Nudeln. Danach gemischte Vorspeisen mit frisch gebackenem Fladenbrot. Marie wollte von allem wenigstens ein bisschen probieren und war schon nach den Vorspeisen so satt, dass sie sich fragte, wie sie den Hauptgang bewältigen sollte.
Da schlug Tessas Vater mit dem Löffel gegen sein Weinglas und stand auf. »Als Vater der Braut möchte ich es nicht versäumen, eine kleine Rede zu halten. Aber keine Angst, ich werde mich kurzfassen. Liebe Tessa, ich möchte dir heute vor allem danken. Dafür, dass deine Mutter und ich dich auf deinem Lebensweg begleiten durften. Du bist eine wunderbare Tochter und ein aufrichtiger, warmherziger Mensch. Wir freuen uns sehr, dass du einen neuen Partner gefunden hast, mit dem du dein spannendes Leben teilen möchtest. Alles Gute für euch beide, liebe Tessa, lieber Helmut.« Er prostete seiner Tochter und ihrem frisch gebackenen Ehemann zu.

»Danke, Papa!« Tessa warf ihrem Vater eine Kusshand zu, was Finn sofort nachmachte, womit er wieder für große Begeisterung sorgte.

Dann wurde der Hauptgang aufgetragen: Schweine-Medaillons mit grünem und weißem Spargel und Petersilienkartoffeln. Überraschenderweise hatte Marie nun doch wieder Appetit.

Vor dem Dessert gab es wieder eine kleine Pause, und dann stand Helmut Grevenbroich auf, um ein paar Worte an die Gäste zu richten. »Liebste Tessa, du machst mich sehr, sehr glücklich! Ich bin so froh über unser wunderbares Leben. Was für ein Glück, dass wir uns begegnet sind und dass wir mit unseren Kindern eine neue Familie gegründet haben. Ihr seid mein größter Schatz, ihr Lieben!« Er machte eine kurze Pause. »Heute denke ich auch voller Dankbarkeit an meine verstorbene Frau, Maries wundervolle Mutter. Vielleicht kann sie uns heute ja sehen. Ich bin sicher, sie würde sich mit uns freuen und wäre vor allem sehr stolz auf Marie.« Er erhob sein Glas und lächelte Marie zu.

Dieses Lächeln wärmte Marie noch, als ihr Vater längst weitergesprochen hatte und in die Gegenwart zurückgekehrt war. Schließlich erhob auch er sein Glas, und alle stießen auf das Brautpaar an.

Beim Dessert wurden vor allem die *Schokotraum-Törtchen* gelobt, was die drei !!! natürlich besonders freute. Kim gönnte sich zwei Törtchen und rief immer wieder begeistert: »Mmh, ist das lecker!«

Neben der roten Grütze gab es auch noch Überraschungstörtchen mit Comic-Gesichtern des Brautpaars.

Marie wusste sofort, wer die in Auftrag gegeben hatte: Sebastian Reusner! Deshalb war er also bei der Catering-Firma gewesen. Er hatte damals bestimmt die gezeichnete Vorlage für die Verzierung der Törtchen abgegeben. Eine super Idee!
Nach dem üppigen Menü und den Reden standen einige Gäste auf und tauschten die Plätze, um sich mit neuen Leuten zu unterhalten. Die drei !!! nutzten die Gelegenheit, um ihren Gutschein auf den Geschenketisch zu legen. Dort trafen sie Sebastian Reusner und seine Frau Helene. Der Zeichner hatte sein Comic-Album in Packpapier eingeschlagen und mit einem Schild versehen: *Warnung! Hier kommt die Wahrheit ans Licht.*
Franzi kicherte. »Das ist ja witzig! Da werden Tessa und Helmut bestimmt neugierig sein, was drin ist.«
»Sprecht ihr gerade von uns?«, wollte Helmut Grevenbroich wissen. Das Brautpaar kam Hand in Hand herüber.
»Klar«, sagte Marie. »Ihr seid schließlich die Hauptpersonen!«
Tessa ließ ihren Blick über den Geschenketisch schweifen. »Sagt mal, wir könnten doch die Geschenke gleich hier auspacken und uns bei den Gästen persönlich bedanken.«
Heide Kiehl stand in der Nähe und hatte die Idee mitbekommen. »Das finde ich toll! Sonst werden die Geschenke ja meistens erst zu Hause geöffnet, aber da bekommt keiner von den Gästen mit, wie sich das Brautpaar freut.«
Die Agenturleiterin sprach sich mit Helmut und Tessa ab. Dann ließ sie sich ein Mikrofon geben und kündigte den spontanen Programmpunkt an. Die Gäste scharten sich rund um den Geschenketisch und verfolgten gespannt, wie Helmut und Tessa begeistert die Geschenke auspackten.

Es kamen viele schöne Dinge zum Vorschein: Kissen und hübsche Deko für die alte Villa, eine Hängematte für den Garten, Geschirr, ein Reisegutschein und etliche selbst gebastelte Geschenke.
Das Brautpaar war richtig gerührt, wie persönlich und liebevoll die Geschenke ausgewählt waren. Endlich öffneten sie auch den Gutschein für das Candle-Light-Dinner von den drei !!!. Ungläubig lasen sie den handgeschriebenen Text.
»Was für eine tolle Idee!« Maries Vater umarmte Kim, Franzi und Marie.
Tessa war auch hin und weg. »Da freue ich mich jetzt schon total darauf. Ihr seid so was von lieb!«
Marie musste grinsen. Es hatte sich also gelohnt, dass sie sich noch einmal ein anderes Geschenk ausgedacht hatten!
Der absolute Knaller war jedoch das Comic-Album von Sebastian Reusner mit kleinen, witzigen Beiträgen von Tessas Studienfreunden. Das Brautpaar setzte sich extra hin, umringt von den Freunden, und blätterte es von der ersten bis zur letzten Seite durch. An mehreren Stellen mussten die beiden laut lachen, weil die Geschichte von Tessas und Helmuts Jugend bis zu ihrer Begegnung so geistreich formuliert und gezeichnet war.
»Ihr seid ja verrückt!«, sagte Tessa halb bewundernd, halb vorwurfsvoll zu ihren alten Studienfreunden. »Ihr müsst Wochen dafür gebraucht haben. Besonders du, Sebastian, hast bestimmt total viel Arbeit reingesteckt.«
Sebastian Reusner kratzte sich verlegen hinterm Ohr. »Ein paar Nachtschichten hab ich eingelegt, aber es hat sich gelohnt. Ich bin selbst auch ziemlich zufrieden.«

Seine Frau lachte. »Wenn er das sagt, will es was heißen! Sebastian ist sonst wahnsinnig selbstkritisch, was seine Arbeit betrifft.«

Holger trat hinter Marie und legte den Arm um ihre Schulter. »Wollen wir ein bisschen raus zur Zugbrücke gehen?«

»Gerne«, sagte Marie. »Ich hol nur noch schnell meine Tasche.«

Kurz darauf schlenderten sie zusammen davon. Über ihnen spannte sich der blaue Himmel. Keine einzige Wolke war zu sehen. Es würde bestimmt bis in den Abend hinein warm bleiben.

Auf der Zugbrücke blieben sie stehen und blickten in den trockenen Burggraben hinab.

»Kannst du dir vorstellen, dass dort früher Löwen gehalten wurden zur Abschreckung für die Feinde?«, fragte Holger.

Marie lief ein kalter Schauer über den Rücken. »Ich hab auch schon davon gehört, aber das stelle ich mir lieber nicht so genau vor.« Sie griff in ihre Tasche, holte ein rot eingewickeltes Herz aus Schokolade hervor und überreichte es Holger. »Ich wollte mich noch mal dafür entschuldigen, dass ich wegen der Hochzeitsvorbereitungen so wenig Zeit für dich hatte.«

»Das ist lieb von dir! Aber du musst dich nicht noch mal entschuldigen. Ich hab dir längst verziehen.«

»Danke!« Marie gab Holger einen Kuss.

In einem Fliederbusch fing ein Käuzchen an zu rufen. Plötzlich fiel Marie wieder der Liebeszauber ein, den sie vor ein paar Wochen auf ihrem Balkon zelebriert hatte. Damals hatte auch das Käuzchen gerufen.

Marie spürte tief in sich hinein und fühlte, wie sehr sie Holger mochte und dass er absolut der Richtige war! Eigentlich hatte sie das auch schon damals gewusst. Es gab so viel Schönes, wenn sie an ihren Freund dachte. Hatte sie wirklich jemals ernsthafte Zweifel an Holger gehabt? Nein! Der Liebeszauber hatte es ihr noch mal so richtig bewusst gemacht. Die positiven Gefühle für Holger waren durchs Feuer gegangen!

»Marie, Holger, wo seid ihr denn?«, hörten sie plötzlich Frau Winkler rufen. »Gleich schneidet das Brautpaar die Hochzeitstorte an!«

»Das dürfen wir uns natürlich nicht entgehen lassen!«, rief Holger.

Sie kamen gerade noch rechtzeitig. Tessa und Helmut standen vor der zitronengelben Hochzeitstorte und legten das süße Marzipan-Brautpaar vorsichtig auf einen kleinen Teller. Dann schnitten sie gemeinsam mit dem Kuchenmesser das erste Stück an. Sie kippten es auf einen Kuchenteller und schoben sich gegenseitig einen Bissen in den Mund.

»Himmlisch!«, schwärmte Tessa, und Helmut Grevenbroich verdrehte verzückt die Augen.

»Für alle, die es noch nicht wissen«, sagte Heide Kiehl. »Dieses Kunstwerk hat Frau Winkler gezaubert, die Mutter von Franzi.«

Die Gäste klatschten begeistert. Ben und Lukas trampelten dazu noch mit den Füßen und grölten laut: »Bravo!!« Sie waren so in ihrem Element, dass Pablo, der vorher schon total aufgekratzt gewesen war, plötzlich am Tisch mit der Hochzeitstorte hochsprang, sich das Marzipan-Brautpaar schnappte und mit einem Happs verschlang.

Entsetzt sahen die Gäste ihm dabei zu. Pablo war so schnell gewesen, dass keiner ihn rechtzeitig hatte stoppen können. Doch dann prustete Linas Vater los: »Das war ja eine Glanzleistung! Der Hund hat Geschmack, das muss man ihm lassen.«

»Und wie sagt man doch gleich?« Marie musste das Sprichwort noch einmal loswerden, weil es so schön passte. »Liebe geht durch den Magen!«

Tessa küsste Helmut auf die Wange. »Das bringt bestimmt Glück!«

Die Gäste reihten sich geduldig in eine Schlange ein. Jeder bekam ein Stück von der leckeren Hochzeitstorte. Nur Kim stellte sich nicht an. Marie merkte erst nach einer Weile, dass ihre Freundin neben Michi saß und ein furchtbar trauriges Gesicht dabei machte.

Da musste irgendwas passiert sein. Kim liebte Süßigkeiten! Marie und Franzi gingen schnell zu ihr hinüber.

»Was ist denn los?«, fragte Franzi besorgt. »Geht es dir nicht gut?«

»Nein, gar nicht.« Kim kämpfte mit den Tränen. »Michi hat mir gerade erzählt, dass er sich für einen dualen Studiengang in einer anderen Stadt beworben hat. Ich will nicht, dass du weggehst, Michi!«

Kims Freund beruhigte sie: »Es ist doch noch lange nicht gesagt, dass ich den Studienplatz überhaupt bekomme. Vielleicht bleibe ich ja hier.«

»Ja, vielleicht.« Kim schniefte. »Aber vielleicht auch nicht. Ich kann mir einfach nicht vorstellen, wie ich nur einen Tag ohne dich sein soll.«

Michi legte den Arm um sie. »Bitte sei nicht so traurig! Es wird alles gut werden.«
Auch Marie und Franzi versuchten Kim zu trösten, was ihnen nicht wirklich gelang. Die Nachricht war zu überraschend gekommen. Kim stand noch unter Schock.
Plötzlich klingelte ihr Handy. »Ja, hallo?«, sagte sie matt. »Ach, Sie sind es, Kommissar Peters. Ich stelle mal auf Laut, damit Franzi und Marie mithören können.«
Die drei !!! lauschten den Neuigkeiten, die ihnen der Kommissar über die laufenden Ermittlungen der Polizei weitergab.
»Rabea Leinisch ist bei der Polizei keine Unbekannte. Gegen sie liegen bereits mehrere Anzeigen von Hochzeitspaaren wegen Betrügerei vor. Zusammen mit der versuchten Körperverletzung an Maries Vater und der Fälschung des Briefes ergibt sich daraus ein langer Katalog an Straftaten, die Frau Leinisch sicher eine nicht unerhebliche Haftstrafe einbringen werden. Kompliment an euch! Das habt ihr wieder mal großartig hingekriegt.«
Ein schwaches Lächeln huschte über Kims Gesicht. »Keine Ursache. Jederzeit gerne wieder.« Sie legte auf.
»Na los, Kim«, sagte Marie aufmunternd. »Jetzt stoßen wir auf unseren erfolgreich gelösten Fall an und du denkst mal ein paar Minuten nicht an Michis Bewerbung.«
»Okay!« Kim nickte tapfer.
Die Detektivinnen holten sich Orangensaft und ließen die Gläser aneinanderklirren.
»Auf unseren Club«, sagte Franzi.
»Auf unsere Freundschaft«, ergänzte Kim.

»Und auf noch ganz viele spannende Fälle in der Zukunft!«, rief Marie.
Holger winkte den drei !!! zu. »Hey, die Band fängt gleich an zu spielen!«
Kim, Franzi und Marie stellten sich an den Rand der Tanzfläche. Tessa und Helmut eröffneten den Tanzabend mit einem klassischen Hochzeitswalzer. Sie tanzten wunderbar, Helmut wirbelte seine schöne Braut elegant herum.
Nach dem Walzer ging die Band zu moderner Popmusik über. Die drei !!! eroberten mit Michi, Holger und Lina gemeinsam die Tanzfläche.
Da kam plötzlich Finn angetrabt. Marie nahm ihren Bruder auf den Arm und tanzte ausgelassen weiter. Immer wieder bewegten sich Kim, Franzi und Marie mit Finn aufeinander zu und lachten sich an.
»Wir sind der tollste Club auf der ganzen Welt!«, rief Marie ihren Freundinnen laut zu.
Finn plapperte das neue Wort begeistert nach: »Club! Finn auch Club!«
Marie schüttelte lachend den Kopf. »Tut mir leid, Süßer, aber unser Detektivclub ist schon komplett!«